ジョシュア・ファイル I

THE JOSHUA FILES I

見えない都市（上）

INVISIBLE CITY

マリア・G・ハリス 作
石随じゅん 訳

評論社

ジョジーとリリアに

人生はただひとつの瞬間《しゅんかん》で成り立つ
自分が何者かを知る
その瞬間で

——ホルヘ・ルイス・ボルヘス

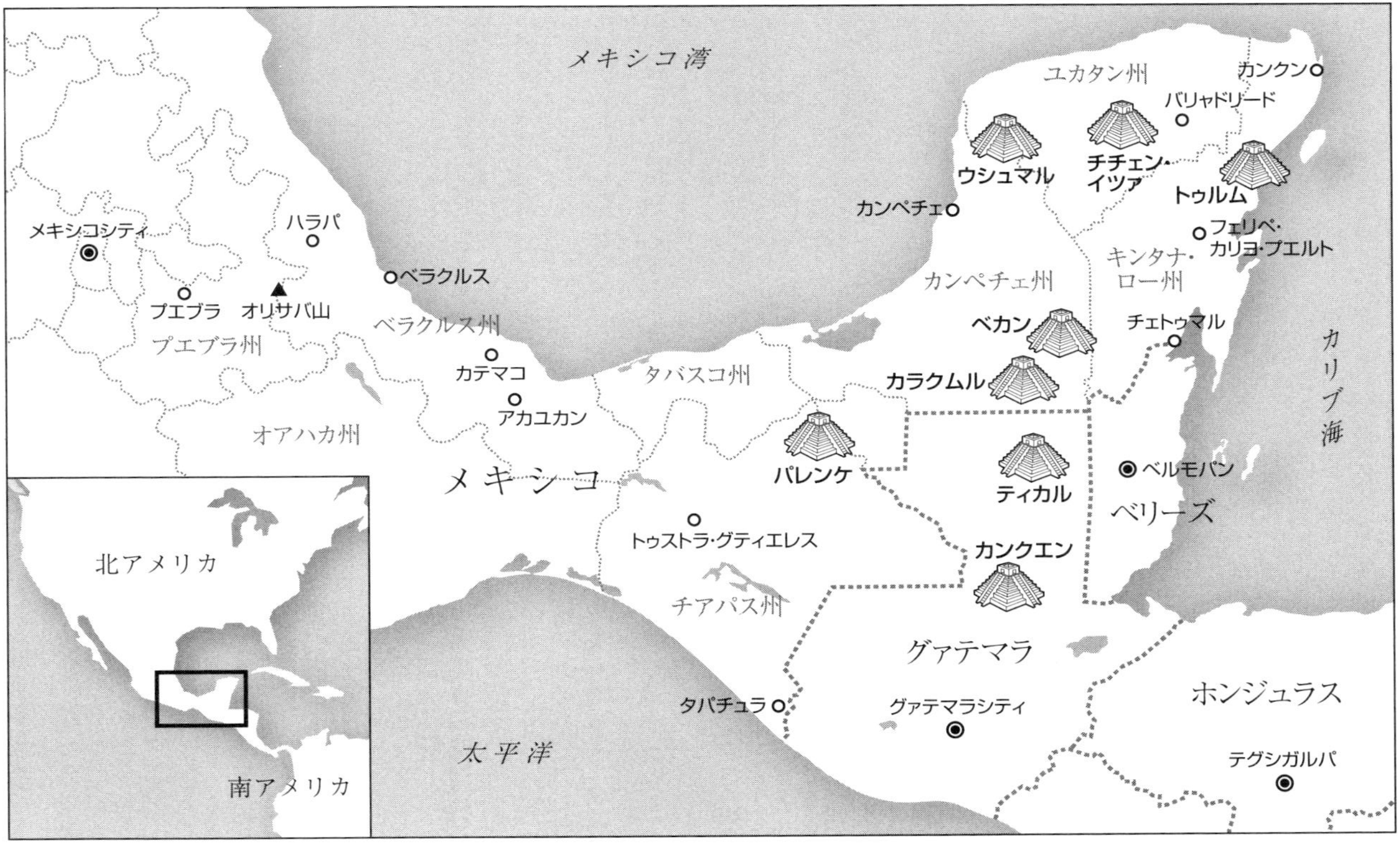
メキシコ湾
ユカタン州
カンクン
バリャドリード
ウシュマル
チチェン・イツァ
トゥルム
カンペチェ
フェリペ・カリヨ・プエルト
メキシコシティ
ハラパ
ベラクルス
プエブラ
オリサバ山
ベラクルス州
プエブラ州
カンペチェ州
キンタナ・ロー州
ベカン
チェトゥマル
カリブ海
カテマコ
タバスコ州
カラクムル
アカユカン
オアハカ州
パレンケ
ベルモパン
メキシコ
ティカル
ベリーズ
トゥストラ・グティエレス
カンクエン
北アメリカ
チアパス州
グァテマラ
ホンジュラス
タパチュラ
グァテマラシティ
太平洋
テグシガルパ
南アメリカ

ジョシュア・ファイル①　見えない都市(上)

副館長アドリアナ・フェラスケス博士は、次のようなコメントを発表した。

「今回の展覧会は、メキシコのオリサバ地方で発見された遺物を公開する趣旨《しゅし》で開催したもので、問題の2点がどのような経過で展示されることになったかについては、現在調査中であります。古代マヤ帝国は、ベラクルス州オリサバ地方には発展《はってん》していません。したがってこれは、何者かによる悪質な"いたずら"であると考えています」

メキシコ政府当局の要請《ようせい》をうけ、館長サビエル・ベルナール博士への取材は不許可となった。博物館館長への取材禁止は異例《いれい》と言えよう。

高名なマヤ考古学者である、英オックスフォード大学のアンドレス・ガルシア教授は、以下のような談話を寄せた。

「博物館関係者の話では、ただ単に、関連した収蔵庫《しゅうぞうこ》から持ち出した職員が、未点検のまま展示してしまったということのようです。その"遺物"とされるものが、どういう経緯《けいい》で館に収蔵されたのかは不明です。わたしは実物を見ていないので、眞偽《しんぎ》については何も言えませんが、おそらく偽物《にせもの》でしょう。メキシコ政府が介入《かいにゅう》したことには、確かにおどろいています」

古代マヤ帝国は、ピラミッドと石造建築物を備えた都市を築き、現在のメキシコからグァテマラ、ベリーズ、ホンジュラスという広い地域《ちいき》に発展した。高い文明を持って紀元990年ごろまで栄えたが、多くの謎《なぞ》を残し、その壮大《そうだい》な都市遺跡《いせき》をジャングルにのみこませるにまかせて消滅《しょうめつ》した。

古代マヤの長期暦《れき》は、西暦《せいれき》2012年12月22日に相当する日付で終わっている。果たしてこの日付は、マヤ文明が予言する世界の終焉《しゅうえん》の日なのだろうか?

いわゆる"ニュー・エイジ"グループのなかには、否定《ひてい》を唱える人々もある。

「22/12/12は再生をあらわす数字であり、意識の新時代の夜明けを意味するものだ」と主張するのは、ゲイブ・グッジ氏。『2012年——再生に備えよ』の著者《ちょしゃ》でもある。

でっちあげか否《いな》かにかかわらず、最悪の事態が起きるとしても……とりあえずロンドン・オリンピックを楽しむことはできそうだ。開催は2012年7月なので!

The Reporter

ザ・リポーター　3月24日（火）

Tuesday, March 24

2012年に世界が終わる？

ロンドン・オリンピックの開催《かいさい》はできるものの……

今週メキシコで始まった考古学展《てん》で、来場者の多くが「2012年12月22日に世界が終わる」という古代マヤの予言を思い浮《う》かべる事態が発生した。話題となった展覧会《てんらんかい》は、メキシコ、ベラクルス州のハラパ人類学博物館で開催されたもの。展示品《てんじひん》のうち、古代マヤ文明の遺物《いぶつ》とされる物体2点が来館者の興味を集めた。

展示を見たアンジェラ・ウインストンさん（教師。テキサス州ブラウンズビル在住）は、本紙記者にこう語った。

「目を疑《うたが》いました。わたしは以前から、古代マヤ文明は伝えられるよりずっと技術的に進んでいたのではないかと思っていたのですが、あの物体を見て確信しました。これで、2012年うんぬんというマヤの予言が、ぐっと信憑性《しんぴょうせい》を増しますね」

問題の展示品は巨大《きょだい》な金属製の破片《はへん》2点で、どちらも、表面に古代マヤの象形文字がきざまれている。考古学展はオープンからわずか2日で、急遽《きゅうきょ》、公開中止の措置《そち》がとられた。

「古代マヤ帝国《ていこく》でこのような金属加工技術が発達したとは、これまで確認《かくにん》されていません。あの展示品は、非常に巧妙《こうみょう》な偽造《ぎぞう》品《ひん》でしょう。そうでなければ、われわれの予想を超《こ》えた文明がマヤにはあったことになります」とは、イギリスからおとずれた文化人類学の学生マーカス・テナント君の感想だ。この展示品の写真撮影《さつえい》は、禁止されている。

〈暗号を解読せよ〉

本書の各章のはじめに、絵文字が記されています。この絵文字は、一字がアルファベット(a・b・c……)の一字に対応しており、解読のヒントは『ジョシュア・ファイル② 見えない都市(下)』のジョシュのブログの中にあります。1章~45章すべての絵文字をつなげると、ローマ字の三つの質問文になりますが、さて、その答えは……?

profile

ここから先は
危険《きけん》をふくむ領域《りょういき》に入ります

名前	ジョシュ・ガルシア
ブログの内容	父親の死に関するかくされた事実と、調査の記録
年齢《ねんれい》	13歳《さい》
住所	イギリス、オックスフォード
自己紹介《じこしょうかい》	メキシコ人考古学者（父親）とイギリス人教師（母親）の息子《むすこ》
好きなバンド	グリーン・デイ、アークティック・モンキーズ、ナーバナ
愛読書	『ライラの冒険《ぼうけん》』
好きなスポーツ	カポエイラ——ブラジルの格闘技《かくとうぎ》。う～ん、まあそんなとこ！
ネコを飼っている人10人のうち8人がM&Ms好きだとしたら、残りの2人は何が好きか？	スマーティーズのオレンジ色しか食べない

http://www.thejoshuafiles.com/blog をクリックしてね

訳注《やくちゅう》：M&Msもスマーティーズも、小粒《こつぶ》でカラフルなチョコレート

1

【ブログ】嵐《あらし》の始まり

頭の中のごたごたを吐《は》き出す場所が必要だった。口には出せないこと、友達も家族も相手にしてくれない話を。

それで、このブログを書き始めた。

今までのぼくは、一人でこそこそしたり、暗い心の中を書きつづったりするような人間じゃなかった。こうなったのはつい最近で……。二、三週間前までは、学校でも今とは全然ちがってた。

そりゃ、とくべつ頭がいいわけでも、けんかが強いわけでもなく、見た目も人気も一番じゃないけど、それ以外、世の中にこれっぽっちも不満はなかった。

今までの悩《なや》みなんて、たいしたものじゃなかったんだ。

そんなこと……わからなかった。

電話がかかってきて、急いで家に帰れと言われた。それで、スケートボードですいすいと帰ってきたんだ。

その道の先に嵐《あらし》が待ってるなんて、夢にも思わなかった。歌をうたいながら、ただまっしぐらに突《つ》っこんだ。

無邪気《むじゃき》に。

ばかみたいに。


夕方からカポエイラの練習がある日だった。カポエイラというのはブラジルで生まれたクールな格闘技《かくとうぎ》で、ぼくはもう、二年ぐらい習っている。リカルド師範《メストレ》の携帯《けいたい》電話が鳴って、ホーダからぼくが呼《よ》び出された。ホーダとは円陣《えんじん》のことで、その中で、二人の選手がぐるぐるまわりながら戦うのだ。リカルドは、荷物を持ってすぐ家に帰れ、とぼくに言った。言われたときは何も感じなかったが、あとから考えると、リカルドの目つきが少し変だった。

リカルド師範《メストレ》は元兵士。少しぐらいのことでは動じない人だと思う。でも、あのときの目つきには何かがあらわれていた。それまで見たこともないし、見るとも思わなかった〝同情〟が。

スケートボードで帰るとちゅうのことは、よく覚えている。橋をわたり、大学の塔《とう》を背《せ》にしてすべっていった。鉛《なまり》のわくの窓《まど》ガラスに、青い空と大きなマシュマロみたいな雲が映《うつ》っていた。幸せだった日々の最後の思い出だ。

家に帰ると、母さんが居間のソファーにすわっていた。おとなりのジャッキーがいっしょにいて、母さんの手をにぎっていた。母さんが立ち上がった瞬間《しゅんかん》、泣いていたのがわかった。顔色が、いつものイングリッシュローズのようなピンクではなく、灰《はい》色に近い。口もとのほほえみはひきつり、顔を洗《あら》ったばかりのように髪《かみ》の先がぬれている。

母さんがキスしようとしたが、ぼくは体を引き、まっすぐ母さんの目をのぞきこんだ。母さんは震《ふる》えていて、視線《しせん》が合わない。目を合わせられないんだ。

ぼくは、ぞくっとした。不吉《ふきつ》な予感、恐怖《きょうふ》の小さな種が、心の底で頭をもたげた。まともに向き合いたくないほどの恐怖。

母さんが口を開いた。

「ジョシュ（ジョシュア愛称《あいしょう》の愛称）、すわって。悪い知らせなの。こまったことにね、ひどく悪い知らせなの」

それ以上、言葉が続かない。泣きだしてしまったのだ。母さんは、両手で顔をおおってソファーにすわりこんだ。ジャッキーがぼくの手を取ると、その小さな手の中で、ぼくの手はごつごつして冷たく、いやに大きく見えた。

しゃくりあげる母さんから聞きとれたのは、こういうことだった。

「父さんがメキシコで借りたセスナ（小型の軽飛行機）なの。墜落《ついらく》したんだって。それでね……ジョシュ、残念だけど、残念だけど……父さんは亡《な》くなったの」

聞いた瞬間《しゅんかん》、体と心が分離《ぶんり》したようになった。体はじっとして、となりのおばさんに手をにぎられてかすかにうなずいているのに、心のどこか深いところで、信じたくないという悲鳴の嵐《あらし》がわきおこる。話す声は聞こえているのに、ジャッキーが、はるか遠く離《はな》れた場所にいるように思えてしまう。ぼんやりかすんだ母さんの顔を前にして、言われた意味を理解しようと、ぼくはもがいていた。

頭の中で生まれた悲鳴が、ようやく口まで出てきた。何かにとりつかれたように、ぼくはさけんでいた。

「何？　何なの?!」

母さんとジャッキーがぼくを抱《だ》きしめようとするのを、ふりはらった。そんなことされたくない。ぼくは、こぶしでドアをたたきながら、二人にわめきちらした。

「いやだ、いやだ、いやだ、いやだ、いやだ」

ぼくが突然《とつぜん》あばれだしたのを見て、母さんの目がおびえるのがわかった。

すぐにあばれるのをやめた。どっと疲《つか》れを感じて、吐《は》き気《け》がする。足の力がぬけて、ぼくはソファーにすわりこんだ。目を上げると、母さんもジャッキーも靄《もや》がかかったように見える。ぼくは動揺《どうよう》して震《ふる》え、感覚が麻痺《まひ》していた。母さんがとびついてきてぼくを抱きしめたけれど、そうされながら、ぼくはこんなことを考えていた。母さんの腕《うで》は、ぼくの背中《せなか》に手がまわるほど長くはないんだな、と。こうも思った。もしも死んだのが父さんでなくて母さんだったら、どうだろう？　父さんの腕だったら背中に手がまわるだろうか？　母さんも失うことになったら、と思ったとたん、急に涙《なみだ》が出て止まらなくなった。

しかし、ぼくの中にも、まだ何とか動き続けている部分が残っていたようで、ちがう考えが浮《う》かんだ。

待てよ……亡くなったのは別人ということはないだろうか？

質問が次から次へとあふれた。父さんだという確証はあるの？　父さんの気が変わって、その飛行機の予約を変更《へんこう》したかもしれない。きっと、だれかちがう人だ。

「いいえ、いいえ、ジョシュ」母さんが、つぶやくように言った。「家に来たバラット警部補《けいぶほ》が言ってたわ。メキシコの警察《けいさつ》が父さんの身元を確認《かくにん》したんですって。父さんは、セスナを借りた日から三日の間、行方不明だったらしいのよ」

ぼくは首を横にふり、必死に考えた。どこかにまちがいがあるはずだ。

「ちがうよ。父さんのはずない。行方不明といっても……父さんは、どこかの遺跡《いせき》の近くでキャンプしてるだけかもしれない。証拠《しょうこ》がないかぎり、わからないよ。証拠はあるの？　あれは調べたの……歯型。ほら、映画《えいが》やなんかでよくあるだろ。歯型を照合すれば、父さんじゃないってわかるよ」

「それがね、あなた」ジャッキーが気の毒そうに説明を始めた。「そうはいかないのよ、残念ながらねえ」

「え？　なんで？」

母さんが、ぼくの手をにぎった。ジャッキーと母さんが視線《しせん》を交わし、母さんが小さくうなずいた。

「あなたのお父さんの飛行機は、大木に衝突《しょうとつ》したの。枝にね。どれほどのスピードで衝突したのかはわからないけど、風防ガラスが割《わ》れて……。残念ながら、仕方なかったのよ、ジョシュ。残念ながらね」

「何なの?!　教えてよ」ぼくは、涙《なみだ》を流して訴《うった》えた。「まだぼくに、何かかくしてるんだね？」

ジャッキーは、背《せ》すじを伸《の》ばして話し始めた。その声は淡々《たんたん》としてよそよそしく、冷たいと言ってもいいほどだった。「墜落《ついらく》したときに、首が切断されたらしいの。頭部が発見されていないそうよ。かわいそうに、胴体《どうたい》だけになっていたんですって」

意味がのみこめるまで、しばらくかかった。ぼくもジャッキーといっしょに、はるか遠くの離《はな》れた場所に行きつつあった。

ぼくが行きたいのは、そこだ。ここではないどこか。どこだっていい。

おそらく即死《そくし》だったでしょう、と急いでジャッキーが付け加えた。そうであってほしいと思った。そんな悲劇《ひげき》がじわじわ起こるなんて、考えたくもない。

事件性はなし。疑《うたが》うべき点なし。メキシコの警察《けいさつ》の見解は、父さんが操縦《そうじゅう》中にうっかり居眠《いねむ》りをして高度が下がりすぎ、衝突したのだろうとのことだ。

ぼくの感情は停止状態に入った。すべての動きが機械的になる。

お茶をいれましょうか？

ぼくはうなずいて、牛乳と砂糖《さとう》を入れて、とたのんだ。それがさも重大なことのように。

ぼくの頭に映《うつ》るテレビのような映像《えいぞう》を消すことができたらいいのに、と願った。同情顔をした警察官が二人、玄関《げんかん》に来る。病院から電話がかかってくる。電話は海外からだ。テレビドラマでは、悪い知らせはいろいろなかたちで伝えられる。今はぼくの家が、その中心だった。

ジャッキーは、何をどうしたらいいかをわきまえているようだ。ジャッキーは冷静だった。ぼくたち家族が巻《ま》きこまれた小さな嵐《あらし》の真ん中で、彼女《かのじょ》はどっしりしていた。アイルランド人らしいユーモアをわすれずに、バター・トーストを焼き、厚切りのトーストと、あまいミルク・ティーを用意してくれた。

ジャッキーがテレビをつけた。いっしょに映画《えいが》を観《み》たのに、観終わったあと何ひとつ覚えていなかった。ぼくは、どうしたらいいかわからなくて、母さんをちらちら見ていた。母さんを抱《だ》きしめてあげたほうがいいだろうか？　それとも？

父さんの言いそうなことならわかる。――ジョシュ、母さんをたのんだぞ。わかったな？

母さんは、うつろな目を見開いていた。さっきぼくがわめき声をあげたあとは、何もかもがひっそりしていた。ぼくらは静かに事実を受け入れていた。

ベッドに入ったあと、ぼくは、ジャッキーが言ったことを考えていた。何かが気になる。聞いたときは気づかなかった何かが。

今のところ、まだ、メキシコの警察《けいさつ》は父さんの頭部を見つけていない。胴体《どうたい》は、本人確認《かくにん》がむずかしいほど焼け焦《こ》げていた。警察にわかっているのは次の二点だ。事故機は、アンドレス・ガルシア教授が借りたものであること。父さんの手荷物が、機体から投げ出された状態で発見されていること。

それが、始まりだった。事件の発端《ほったん》。疑《うたが》い、不審《ふしん》、第六感――何と呼《よ》んでもいい。

ぼくは、警察の見解を信じない。〝信じられない〟のではない。実際、それが事実と信じられたらどんなにいいかと思った。でも、何かがちがうと感じた。父さんは、飛行機の操縦《そうじゅう》を始めてから三年にしかならない。父さんがまだ操縦にはとても慎重《しんちょう》なのを、ぼくは知っている。父さんはいつも、緻密《ちみつ》に飛行計画を立てていた。

操縦中に居眠《いねむ》りをするなんてことは、絶対にない。

とんでもないまちがいに、決まっている。

【ブログ】納得《なっとく》できないよ

つまり、こういうことなんだ——みんな、ぼくの頭がおかしいと思ってる。不思議だ。人が少しおかしくなったとしても、だれも、おかしいとか、変だとか、ビョーキとかいう言葉を口にしない。正常な悲嘆《ひたん》反応とか言って、セラピーってことになる。

母さんと友人たちをとまどわせたのは、ぼくが〝正常に〟おかしくならないことだった。ワアワア泣きさけぶか、じっと宙《ちゅう》を見つめてすわっていたりしたほうがいいみたいだ。まるで、ぼくのおでこにこんな看板《かんばん》がついているようだ——〝教科書にはない例〟。

目下ぼくがとりかかっているのは、飛行機事故のときの状況《じょうきょう》を調べ、ぼく以外はだれも興味を持たないような質問をすること。

1　父さんは、グァテマラのカンクエンで、何百年か前に殺されたマヤ帝国《ていこく》の王について調べるとぼくたち家族に言って出かけた。それなのになぜ、父さんのセスナは、借りた地点からはるかに離《はな》れた、しかもカンクエンからも何百キロもある場所で見つかったのか？

2 なぜ、地方新聞は、墜落《ついらく》の目撃者《もくげきしゃ》を一人も見つけられないのか？

3 同じ地方新聞が、父さんが墜落した地点近くで大規模《だいきぼ》なＵＦＯ《ユーフォー》の目撃情報記事を載《の》せているのは、なぜか？

こういう情報を手に入れるには、質問するしかない。こんな報告書にも、ぼくは疑問《ぎもん》を感じる。

「アンドレス・ガルシア博士は、メキシコ南部のジャングル地帯で、セスナ機の墜落により致命《ちめい》的《てき》なけがを負い、死亡《しぼう》」。

なぜ、疑問を持つのはぼくだけなんだ？　ふつうの反応だと思うけど。でも、ぼくが質問すればするほど、母さんはぼくを異常《いじょう》あつかいする。

それにＵＦＯの件は？　ＵＦＯを見たと言うと、なぜ頭がおかしいと思われるんだろう？　近ごろは大勢の人がＵＦＯを目撃してるじゃないか。百人どころじゃない、何百人も、何千人も。目撃者はいろいろだ。年齢《ねんれい》も知能程度もいろいろ。ＵＦＯの目撃情報はかなりたくさんある。これだけ大勢の人が見てるのに、無視《むし》できるはずがない。

父さんの飛行機事故について、三つの事実をもとに推論《すいろん》を組み立ててみた。発見された胴体《どうたい》が別人だとしたら？　父さんは墜落事故と無関係だとしたら？　父さんがＵＦＯに連れ去られたとしたら？　父さんは生きていて、行方不明なだけだとしたら？

母さんの反論《はんろん》は、確かに説得力があった。こうだ。「いいわ。墜落地点にUFOがいたとするわよ。飛行機にあった遺体《いたい》は、どう考える？　荷物は？　ほかに行方不明者は報告されていないわ。お父さん以外はね」

母さんはぼくを抱《だ》きしめて、また言葉を続けた。「わかるわ、ジョシュ。現実だと認《みと》めたくないのね。わたしだってそうよ。考えられないし、耐《た》えられない」

母さんが泣きだしてしまい、ぼくはなぐさめ役にまわる。なぐさめることはできる。なぜなら、まだぼくは、父さんが死んだと納得《なっとく》していないから。

コメント(1)　トップショッププリンセスより
ジョシュ、はじめまして。プロフィールによるとオックスフォードだね。わたしも同じ。
UFO肯定派《こうていは》は結束しなきゃ。わたしは一度見たことあるよ。夜だった。
パーティーがあって、帰りにパパが迎《むか》えに来てくれたとき、車の中から見たの。ほんの一瞬《いっしゅん》だけど、野原の上でホヴァリング（ヘリコプター、虫、鳥などが空中で停止した状態のこと）してた。パパは、あれは飛行機のライトだって言い張るの。でも、パパは運転してたから、ちゃんと見てないのよ。ホヴァリングして、さっと高く飛び上がって消えたわ。飛行機はあんな飛び方はしない。少なくとも、あんな飛び方をする飛行機なんて、わたしは見たことない。
だから、あなたのお父さんがUFO《ユーフォー》に連れ去られたと言うなら、わたしはあなたの言い分を信じます。

返信

ありがとう、トップショッププリンセス。〈きみ、アークティック・モンキーズ（二〇〇二年結成のイギリスの四人組ロックバンド）のファン？〉一人でも信じてくれる人がいると思うと、うれしいよ。
学校の友達にはジョークあつかいされた。一度だけ話したけど、もう絶対に言わない。

コメント⑵　トップショッププリンセスより

当たり！　アークティック・モンキーズ、最高！

【ブログ】重要な証人、発見！

ずっとUFO目撃《もくげき》報告を調べている。
ネット検索《けんさく》しておどろいた。前は変人だけだと思ってたけど、情報や、うわさ話、意見をネット上で何時間も延々《えんえん》と交わしている人は、大勢いる。いくら見ても切りがないほど。ずっと読み続けていたら、父さんに関する情報が見つかるかもしれない。

全然、前代未聞《ぜんだいみもん》じゃない。何人もいっしょにUFOに連れ去られることがよくある。そういう人どうしが何年かのちに再会した場合、ふつうの生活では無関係に暮《く》らしていても、たがいのことを知ってるんだ。既視感《デジャ・ヴ》じゃなく、実際に。赤の他人なのに、会わなきゃわからないようなことをおたがいに知っているんだって。父さんがほかの人といっしょに連れ去られているなら、希望がある。

飛行機事故の知らせがあってから、何日かたっている。

ぼくはUFOの掲示板《けいじばん》のいくつかで、その間のうわさを検索《けんさく》した。

メインストリーム・ニュースでヒット。どこかのでたらめなUFOファンの言葉とはちがう。

メキシコ航空のパイロットがぼくの重要な証人だ！

――メキシコ航空パイロットがUFOを撮影《さつえい》――

六月十五日夜、メキシコ航空231便のパイロットが、六機の未確認《みかくにん》飛行物体がカンペチェ州南部の上空を飛ぶ映像《えいぞう》を撮影した。国防省のスポークスマンがそれを認《みと》めた。

今回の目撃情報は、広く報道された二〇〇四年五月のもの――メキシコ空軍のパイロットが十一機のUFOを撮影したもの――と異様《いよう》なほど一致点《いっちてん》を持つ。映像は各種メディアで流され、光る物体、するどい光と、大きなヘッドライトのようなものが見え、夜空を速い速度で移動するようすが確認《かくにん》できる。

コメント(1)　トップショッププリンセスより

あなたがブログに載《の》せたニュース、読んだわ。
すっご〜い！　航空会社のパイロットを本当に味方につけちゃったなんて、信じられないね。

返信

それがそうでもないのさ。覚えてる？　ぼくは正常あつかいされてないんだから。
母さんの意見は、基本的にはこんな感じ。

1　墜落《ついらく》機が発見されたのは六月十九日。遺体《いたい》は少なくとも死後三日というだけで、それ以上たっているかどうかもわからない。つまり、墜落した日が、UFO《ユーフォー》が目撃《もくげき》された十五日と一《いっ》致《ち》するとはかぎらない。
2　メキシコではしょっちゅうUFOが目撃されている。だから、そんな話は意味がない。
3　遺体が父さんのものでないとしたら、だれなのか？　行方不明者はほかに報告されていない。

４　父さんは、グァテマラの中心部からメキシコのカンペチェ州のどこかへ、行く先を変更《へんこう》したのかもしれない。カンペチェ州には、古代マヤ帝国《ていこく》の遺跡《いせき》がたくさんある。

コメント(2)　トップショッププリンセスより

う〜〜〜む。そうねぇ、おもしろがるわけじゃないけど、お母さんの意見にも一理《いちり》ある。

返信

そうかもね、トップショッププリンセス。でも、ＵＦＯに関しては母さんのまちがいだよ。彼《かれ》らがあらわれたのは、一九四〇年代どころじゃない。ずっと昔なんだ。

インドの古代サンスクリットの文書に、空飛ぶ円盤《えんばん》の記述がある。四千年前の古代シュメールの土器に、空飛ぶ機械の彫刻《ちょうこく》がある。ＵＦＯの歴史は、古代にさかのぼるのさ。

2

トップショッププリンセスからの返信を読んでいる間に、母さんが、ぼくの部屋の入り口に来ていた。またガウン姿《すがた》だ。父さんの事故の知らせを受けてから、母さんは家から一歩も外へ出ない。学校へもどってまた金持ちの学生に歴史を教える日が来るのだろうか。

「母さん、これ見て」ぼくは、母さんを手招きした。「メキシコ航空のパイロットもあのＵＦＯ《ユーフォー》を見てるんだ。六月十五日。父さんの飛行機が墜落《ついらく》したのと同じころだよ。警察《けいさつ》がまちがってて、墜落が十五日だとしたら？」

思わず母さんも引きこまれた。息をつめるぼくの肩《かた》の後ろから、立ったままで画面をのぞく。

やった。ついに母さんが、ぼくの意見を真剣《しんけん》に聞くときが来たのか？

しばらくして母さんは、疲《つか》れた声を出した。「最後のところを読んでごらんなさい、ジョシュ。

『メキシコでは昔から奇妙《きみょう》なＵＦＯ目撃談《もくげきだん》がたくさんあるが、その正体のほとんどは、宇宙《うちゅう》ゴミ、ミサイル、気象観測気球、気象現象、またはいたずらだとして、科学者から否定《ひてい》されている』

「ひどい決めつけだな！」ぼくは思わず声を荒《あら》らげた。

母さんは無表情な顔を向けた。「ジョシュ、もうたくさんだわ。いつまで続けるつもり？」

「なんで母さんは、この話題をいやがるの？」

ぼくの言葉に、母さんが感情を爆発《ばくはつ》させた。「だって、ばかばかしいからよ！　エイリアンに連れ去られたなんて、ありえないわ！　ＵＦＯの目撃談なんて……ただの流行よ。伝説みたいなもの、現代版の伝説でしょ！」

母さんは、ため息をついてベッドにすわりこむと、疲れはて、絶望したようなしぐさで髪《かみ》に手をやった。

「お願いだから聞いてちょうだい、ジョシュ。お父さんに何が起こったか、わたしたち二人ともわかっているでしょ。ひどく悲しい、むごい出来事だけど、わたしたちは、その事実を受け入れなくちゃいけないのよ！」

「墜落した飛行機がメキシコのカンペチェ州南部で発見された事実は、どうなの？　父さんはグアテマラの中部にいるはずだったんだよ。マヤ帝国《ていこく》の殺された王が発見された場所にね。そこから何百キロも離《はな》れてるじゃないか！」

「ジョシュ、父さんはよく、あちこち調査旅行に行くから」母さんが、物憂《ものう》げに話し始めた。「いちいちくわしい話はわたしにもしないわ。いつも最初にメキシコのトゥストラへ行っていとこのセスナを借りるのは、車では何日もかかるし、民間機をチャーターするとひと財産なくなるから。マヤ考古学者はだれでも、そうしてるわ。新しく発見された遺跡《いせき》は、たいてい辺鄙《へんぴ》なところにあるもの」

母さんはまだ何だかんだと言っていたが、ぼくはもう聞いていなかった。聞かずに、母さんがたった今口にした言葉について考えていた。

「母さんは今、『父さんはよく、あちこち調査旅行に行く』とか、『いとこのセスナを借りる』とか言ったよね。自分だって、父さんがまだ生きてるような言い方をしてる。本当は、母さんもそう思ってるんでしょ？」

母さんは悲しそうな顔をして、首を横にふった。「ちがうわ。でも、願うことはできる。そうでしょ？」

玄関《げんかん》にノックの音がした。来客の予定はない。いやな予感がした。母さんも同じことを感じていた。ぼくは、こわごわドアを開けた。

警察《けいさつ》だった。テームズ・バレー警察のバラット警部補《けいぶほ》、と名乗った。

「ガルシア教授の件ですが」警部補は、玄関に立ったまま話し始めた。「メキシコの警察から連《れん》絡《らく》が入りましてね。まことに残念ですが、よくない知らせです」

遺体《いたい》の頭部が発見された。胴体《どうたい》ほどには焼け焦《こ》げていなかったので、墜落《ついらく》した機体に火災が起こる前に胴体から離《はな》れたと考えられる。

警部補は先を続ける。「当局の調べでは、野生動物が頭部を持ち去ったのだろうとのことです。何キロか離れた場所で発見されました。顔面は損傷《そんしょう》がひどく、腐敗《ふはい》が進んでおり、識別は困難《こんなん》な状態でした。検死官によれば、歯型のX線写真が一致《いっち》したことが決め手となり、ガルシア教授と特定できたということです」

さらに続ける。ハイアロイド骨折《こっせつ》が見られる。ハイアロイドというのは喉《のど》の奥《おく》にある小さな骨《ほね》で、絞殺《こうさつ》された場合に折れることが多い。また、点状出血──目の中の微細《びさい》な血管が切れて出血すること──があり、これも絞殺されたことを示している。これらを考え合わせると、ひと言でいえば、父さんの死は殺人ということだ。

バラット警部補の話を聞いているうちに、背骨《せぼね》にそってトカゲがゆっくり這《は》いずっているような感覚におそわれた。今まで聞いたこともないほど恐《おそ》ろしい、ぞっとする話だ。ぼくたちの悲劇《ひげき》は、運命のいたずらではなく、犯罪によるものだというのか。肌《はだ》がちくちくした。まわりの空気にさえ恐怖《きょうふ》がみなぎっているようだ。母さんの顔を見たが、その表情からは何も読めない。ただ、きつくにぎりしめたこぶしが、骨が見えるほど白くなっていた。

バラット警部補《けいぶほ》は、しばらく間《ま》を置いて、その知らせがぼくらの心に落ちるまで待ってから先を続けた。調べによると、父さんは事故の四日前から、所在が確認《かくにん》されていなかった。父さんは、メキシコへ帰る、とほかの考古学者たちに告げて、六月十二日にカンクエンから軽飛行機で飛び立った。飛行機を借りたトゥストラへもどるつもりだと、だれもがそう考えていた。ところが、警察《けいさつ》が飛行機会社の人に聞いたところでは、父さんは姿《すがた》をあらわさなかった。当初は、その行方不明の四日間の父さんの居場所を知る者は、だれ一人いなかった。

メキシコの刑事《けいじ》は、墜落《ついらく》以前に父さんは死んでいた、と考えている。おそらく離陸《りりく》以前に何者かによって絞殺《こうさつ》され、犯人が飛行機を操縦《そうじゅう》した。つまり、飛行機にはもう一人の人物が乗っていて、父さんの死体に可燃性の液体を浴びせかけ、自分はパラシュートで脱出《だっしゅつ》した、と見ている。墜落もパラシュート降下《こうか》も、目撃者《もくげきしゃ》がいない点を見ると夜間の出来事と思われる。破損した機体の残骸《ざんがい》の調査から、父さんが死んだのは六月十六日と判明した。事実から導き出された仮説だ。

先週になって、動きがあった。匿名《とくめい》の情報が入ったのだ。海辺の小さな町に、飛行機が夜間着陸したという。

「チエトゥマルという場所ですが、ご存知《ぞんじ》ですか?」

バラット警部補に聞かれて、母さんは首を横にふった。「いいえ。あの……聞いたことはあるけれど、行ったことはありません」

「なるほど」バラット警部補は、まじめくさって続けた。「教授が深夜にある人と会っていたと、そういう情報でした。警察によく持ちこまれる類《たぐい》の小さな町のうわさ話ですが、今回はすべてが合致《がっち》します」

「警察は、その町に容疑者《ようぎしゃ》がいると考えているんですか？」

母さんの声は、妙《みょう》に平べったかった。

バラット警部補が咳《せき》ばらいをして答えた。

「ええ、ガルシアさん。そういうことです。すでに逮捕《たいほ》したのですが、申しわけないことに別の意味でショックなことでしょう。大変申しわけない」

次の言葉を待つ。不安で空気がじっとりする。

「一人の女性がいましてね、このチェトゥマルという町にです。生前、教授がその女性をたずねる姿が目撃されています。ここ何年かのことです。何度かにわたって。目撃者が何人もいます。恋愛《れんあい》事件とでも言いましょうか。このような小さな町にはゴシップがつきものです。しかし、火のないところに煙《けむり》は……の言葉どおりで、うわさは広まり、よからぬ者の耳にも入ります」

母さんの顔から血の気が失《う》せた。声がかすれている。

「そうですか。その女性は……結婚《けっこん》している人？」

「残念なことに、はい。その亭主《ていしゅ》が、つまり……」

小さな声で母さんが言った。

「わかりました」

「残念です、ガルシアさん」

思わず、ぼくは口をはさんだ。「ぼくにはわからない。だれか説明してくれませんか？」

バラット警部補《けいぶほ》は、同情したのか、目をうるませてぼくを見た。

「その女性の亭主《ていしゅ》なんだ。彼《かれ》は嫉妬《しっと》深い性質《たち》でね。パイロットの免許《めんきょ》がある。アリバイがない。動機も機会もある。メキシコ当局は目下、そいつを容疑者《ようぎしゃ》としています」

「それじゃ、うわさを信じろというんですか？　村のゴシップを」

「申しわけない、ぼうや。世間にはままあることだ」

ぼくは大声をあげた。「ぼくの父さんはちがう！」

母さんがぼくを引き寄せた。母さんの頬《ほお》が、熱い無言の涙《なみだ》でぬれていた。ぼくは、くちびるをかんだ。冷静でいるのはむずかしかった。


【ブログ】最悪の最悪！

公式発表。ぼくの父さんは死んだ。しかも殺されたんだ。

昨日までも最悪だったけど、今日はもう、疲《つか》れはてた感じ。変に無感覚になってる。もう、限界。

コメント(1)　トップショッププリンセスより
ジョシュ……なんてこと。作り話じゃないのが信じられないぐらい。

返信
トップショッププリンセスへ
ぼくだってさ。その真ん中にいるのに、起きてることが信じられないもの。

3

最悪の夜。今まででいちばん最悪だった。となりの部屋から、母さんの泣き声が聞こえた。母さんは、何度も起き上がっては吐《は》いていた。母さんの体は、こなごなにくだけて溶《と》けてしまいそうだった。

医者を呼《よ》ぼうと電話したが、医療《いりょう》案内にまわされただけだった。

「朝になったら主治医に電話することですね。明朝も変わりがないようなら、お母さんを落ち着かせるお薬を処方《しょほう》してくれるでしょう。ひどいショック状態のようですから」

母さんは午後遅《おそ》くなってようやく起きてきた。ぼくらはキッチンのテーブルに向かってすわった。ぼくは、こぼれたクランベリー・ジュースで模様《もよう》を描《か》いていた。先のことが考えられない。こんな経験のあと、どうすればいい？　何をすればいいのか、ぼくには全然わからなかった。

母さんが震《ふる》えだした。小さなグラスにブランデーをちょうだい、と言った。少しすると、震えはおさまったが、今度はだまって泣き始めた。ぼくは泣きたくならない。その反対に走り出したくなった。どこかへ駆《か》け出したい。この悲惨《ひさん》な家から離《はな》れ、遠くへ駆けていきたい。

母さんは、ぼくが手わたした錠剤《じょうざい》を飲んで、ティッシュで顔をふき、洟《はな》をかんだ。こんなにひどいようすの母さんは見たことがない。最初の日よりひどかった。

ぼくが口を開いた。「あんな話、どうして信じるの？」

「ずっと恐《おそ》れていたことだから」

「父さんが死ぬことを？」

「ほかの人を好きになること。だってジョシュ、お父さんはとても魅力的《みりょくてき》な人……だったし。前からそう思ってた。それに、遺跡《いせき》調査は、いつまでたっても終わらなかったわ」

ぼくは言葉もなかった。少しも知らなかった。何を言っていいかわからない。

「そんなこと言わなかったじゃない」

「言うわけないでしょ」

「父さんは知ってたの？」

「知らないわ。父さんは、やきもちやきはきらいだったから」

あらためて両親の関係を思った。そう、だれだって、両親がキスや何かするのは見たくないだろう。実際ぞっとする。でもぼくは、父さんの愛情たっぷりの行動が、きらいじゃなかった。母さんは、恥《は》ずかしがりやでひかえめ。つまりイギリス風だった。父さんはちがう。いつだって、家に帰って母さんの姿《すがた》を見るなり、うれしそうに抱《だ》きしめてキスしていた。いつも二人は手を取り合い、たがいの体に腕《うで》をまわしてテレビを観《み》ていた。あれは全部、嘘《うそ》だったのか？

「でも、どうして？」

母さんは、ため息をついて言った。「男の人って……そんなものなのよ、きっと。バラット警《けい》部補《ぶほ》が、その女の人は二十代後半だって言ってたわ。二十代後半ですって！　あなたから見ればじゅうぶん大人《おとな》だろうけど、でもお父さんの年を考えたら……」

母さんはそう言いかけたまま、自分の殻《から》の中にもどってしまった。母さんの心に怒《いか》りがうずまいているのがわかる。

ぼくは口をはさんだ。「父さんはちがうよ」

母さんが、するどい声で言い返した。「なんで？　父さんだって男でしょ？　もっと気をつけるべきだった。なんてばかだったんだろう！　ラ・カサ・グランデ・イ・カサ・チカ！　メキシコ人の男がそうするってこと、身近にはそれほどなかったけど、結局、自分の身にふりかかるとはね」

「ラ・カサ・グランデ……って？」

「大きな家と小さな家。家庭と愛人のことを遠まわしに言うメキシコの言葉よ。四十代のおじさんが、ある日突然《とつぜん》どこかに消えるのを、不思議に思ったことない？　若《わか》い女性のもとに行ったのよ。奥《おく》さんはね、もののわかる人ならあわてずにだまっているわ。夫をかばうのよ！『ご主人はどちら？』『あら、出張なのよ』」

ぼくは目を見張った。なんでそんなに簡単《かんたん》に警察《けいさつ》の話を信じるのか、理解できなかった。母さんは何の確証もなしに、父さんがどこかのマッチョなラテン系の男と同類だと決めつけている。父さんをそんなふうに見るということは、ぼくも同類としてあつかわれるんだろうか？

「ちがうよ。父さんの言い分を聞かずに判断するのは、不公平だよ。父さんがそんなことをするなんて、ぼくは信じない」

母さんは長い間だまっていたが、やがて言った。「わたしも……そう思えればいいんだけど」

「なら、そう思えばいいじゃない」

かすかな希望を浮《う》かべて、母さんがぼくを見た。「ほんとにそう思う？　あの話を信じなくていいって？」

ぼくは、大きく息を吸《す》って言った。「ぼくは信じないよ」

だが母さんは、ぼくと目を合わせようとしなかった。下を向いて、体を震《ふる》わせている。

「わたしはひどい人間ね」声も震えていた。「だって、本当のことだと思えてしまうのよ……じやなければ、どうして警察《けいさつ》がだれかを逮捕《たいほ》する?」
じゃなければ、どうして?
午後じゅう、ぼくはそのことを考えていた。

【ブログ】ルールだったのに

今日も母さんはベッドにいる。もう一週間以上になる。ぼくは押《お》しつぶされそうだ。毎日、学校にいる何時間かは気がまぎれる。でも、家に帰ると、母さんはまだベッドの中。

今日帰ってきたとき、母さんは「三月の雨」(トム・ジョビン作詞・作曲の曲)を聴《き》いていた。母さんと父さんは音楽の好みがちがうけど、この曲は、二人とも好きな曲のベスト5に入る。母さんは、何度も何度も繰《く》り返し聴きながら、二人の寝室《しんしつ》のベッドで天井《てんじょう》を見つめている。

父さんが死んでから、うちではジャズをかけないことにした。マイルス・デイビスも、オスカー・ピーターソンも、スタン・ゲッツも、トム・ジョビンも、そのほかの人たちも、父さんの大好きな音楽だから。ぼくはジャズ・ファンってわけじゃない。ただ聴き慣れてるだけ。母さんとぼくは、無言のルールを決めたんだ。ぼくらには、ジャズを聴くのはつらすぎるから。

それなのに、母さんは今、ジャズにひたっている。

ぼくは何も言わず、静かにドアを閉《し》めた。ジャズが聞こえないように。

家の中のことは、ぼくがやろうと思う。母さんに病人食をつくった。トマト・スープとやわらかい白パン。チキン・スープとクラッカー。

でも、母さんは食べようとしない。父さんの事件の真相が母さんにとどめをさしたようだ。

ぼくは、どうしたらいいんだ？

コメント⑴　トップショッププリンセスより
うわぁっ……ジョシュ、それはだれかの助けが必要だよ。
わたしにはどうすることもできない。お医者さんを呼《よ》びな！

返信
うん……そうした。主治医に電話した。母さんの反応がないって知らせた。ただ目を見開いているだけだって。本当にそうだったから。
そしたら、救急車が来た。母さんには、休養と専門家《せんもんか》の治療《ちりょう》が必要なんだそうだ。母さんは、自分がどうなってるか、わからないみたいだった。
ぼくが母さんの荷物を用意した。洗面《せんめん》用具、化粧品《けしょうひん》、着がえ。

玄関《げんかん》を出ていくときの母さんの目を見たら、引き裂《さ》かれそうな気持ちになった。裏切《うらぎ》り者になった気がする。

コメント⑵　トップショッププリンセスより

ジョシュ、きみは正しいことをしたよ。まだ十三歳《さい》なんだから。そんな状態の母親を、どうやって世話できる？　お母さんはきっとよくなるよ。見ててごらん。

返信

ありがとう。でもぼくは、やっぱり後ろめたさを感じてる。早く何かを、母さんが元気になる事実を見つけないと。

この浮気《うわき》の話が嘘《うそ》だっていう証拠《しょうこ》が見つかればいいんだけど。または、だれかがちがう理由で父さんを殺したってわかればいいんだけど。

コメント⑶　トップショッププリンセスより

う～ん、そうね。やってみる価値《かち》はある。でも、どうやって？

4

　父さんはその女性と浮気《うわき》していない、と、どうしたら証明できるだろう？　何かを否定《ひてい》するというのは、とてもむずかしい。

　行方不明の四日間について考えた。見たところ、警察《けいさつ》は、不明前後の二日しか調べをつけていない。父さんの飛行機が深夜にメキシコのチェトゥマルの町に着陸した、六月十二日。それから墜落《ついらく》した六月十六日——父さんが殺された夜。

　その間に何があったのだろう？　その謎《なぞ》の女性が、どこかに父さんをかくまっていた？　その間、飛行機はどこにあったのか？　だが警察は、その質問をしていない。その女性の証言を信用していないのだ。自分の夫を留置所から出すためならどんなことでも言う、と考えていた。夫自身は無実を主張している。「しかし、だれでもそう言うだろう」というのが警察の見解だった。

容疑者《ようぎしゃ》を捕《つか》まえてしまえば、一件落着なのだ。

ぼくは、何か手がかりが残っているはずだと考えた。人と人が会うためには、通信のやりとりが必要だ。Eメールか、電話か。または昔風に手紙か。

何か進展《しんてん》があるまでは、学校など問題外だった。うちの学校は、ずる休みしてもすぐには追及《ついきゅう》されない。少なくとも一日あれば、何かできるだろうと思った。

母さんが入院してから、ぼくは、となりのジャッキーの家で夕飯を食べさせてもらっている。夕食からもどったあと、家のパソコンで父さんのEメールを調べた。メキシコの女性らしい人からの怪《あや》しいメールなど、全然なかった。ということは、父さんが無実か、または秘密《ひみつ》のアカウントを持っているかのどっちかだ。

ぼくは、ブラウザの履歴《りれき》を調べた。別のアカウントはない。ということは、父さんが無実か、または履歴を消したかのどっちかだ。

またEメールにもどって、最終の送受信メールをいくつか開いてみた。すると、父さんが行方不明になった六月の日程について、興味あるメールを見つけた。

浮気《うわき》とは少しも関係なかった。

オックスフォードを出発する前日、父さんは、アメリカのピーボディー考古学・民族学博物館のマリウス・マーティノウ博士宛《あ》てにメールを送っていた。それが、父さんが送信した最後のメールだった。

マーティノウ博士殿《どの》
　このほど入手した文書から、マヤの第五写本が存在《そんざい》するといううわさに、何らかの信憑性《しんぴょうせい》があると信じるにいたりました。当該《とうがい》文書は書簡《しょかん》の一部であり、カンクエンのあるマヤ人からカラクムルの支配者へ宛てたものだと判明しています。このカラクムル書簡には紀元六五三年の日付があります。書簡の中で、マヤ帝国《ていこく》の黙示録《もくしろく》ともいわれる《イシュ・コデックス》――二〇一二年の世界の終末について記載《きさい》された写本――の存在が、明確に言及《げんきゅう》されています。博士は、リオ・ベック地域《ちいき》の石碑《せきひ》から採取された稀少《きしょう》な碑文《ひぶん》のコレクションをお持ちとうかがっております。右記の内容に関してご助言いただけるような、カラクムルの碑文をご覧《らん》になっておいででしょうか？
　六月十二日から二十日の期間でお目にかかれれば幸甚《こうじん》です。わたしはカンクエンの遺跡《いせき》調査のあと、その日程でメキシコに滞在《たいざい》する予定でおりますので。

アンドレス・ガルシア拝《はい》

マーティノウ博士からは、その日のうちに返信が来ていた。

ガルシア教授殿《どの》

第五写本と言えば、二〇一二年十二月二十二日に〝世界の終焉《しゅうえん》〟の予言、でしょうか？　流行におどらされてこうした怪《あや》しげな話にいちいち耳を貸していては、身が持ちません。

お手元の書簡《しょかん》の日付は六五三年とのことですが、大変疑《うたが》わしく思えます。現存《げんぞん》する写本はすべて十五世紀以降《いこう》のものですので。

貴殿《きでん》が手に入れられた書簡は、偽物《にせもの》だと考えます。確実に。プラハ写本を見た経験がありますが、あれもずいぶん巧妙《こうみょう》にできていました。

申しわけありませんが、現在のところ、わたしは大変多忙《たぼう》な身で、お申しこしのような議論《ぎろん》の余地のある件について検討《けんとう》する余力がありません。ほかにどなたか鑑定《かんてい》する方がおられるのでは、と申し上げるよりほかありません。

敬具《けいぐ》

マリウス・マーティノウ

父さんのメールにある日程を見て、ぼくの鼓動《こどう》が早まった。六月十二日から二十日。つまり父さんがカンクエンを発《た》ったのは、予定の行動だった。結局、マーティノウ博士と会うために、どこかへ向かったのだろうか？　博士からの返信を見るかぎり、それはありそうもなかった。会えないと言っているから。
ぼくは引き続き、父さんが送信した最後から二番目のメールに移った。オックスフォードを出発する二日前に送信したメールだ。

モントヨ博士殿
昨年、パレンケ（メキシコ南東部にある古代マヤの都市遺跡《いせき》）会議の席上でお目にかかったことを覚えておいでしょうか？　実は最近、マヤ文書の断片《だんぺん》を手に入れました。この文書は、カラクムルの支配者に宛《あ》てた書簡の一部と思われます。このカラクムル書簡中に、《イシュ・コデックス》と呼《よ》ばれる古代マヤ写本についてふれた記述があります。さらに、チェチャン・ナーブとエク・ナーブという古代マヤの都市についても述べています。わたしは、これらの都市について知見がなく、調査しましたが、どこにもこの都市名を見つけることができません。そのこと自体、非常に奇妙《きみょう》なことに思われますが、いかがお考えでしょうか？
先述の会議の折に、博士が、カラクムルで新しく発見された碑文《ひぶん》の解読プロジェクトを主導されるとうかがったことを記憶《きおく》しております。チェチャン・ナーブ、またはエク・ナーブという都市名にお心当たりがおありでしょうか？　また、《イシュ・コデックス》について何かご存知《ぞんじ》でしょうか？　もし博士のご助力をいただけますれば、このプロジェクトを共に研究するうえで無上の幸いと存《ぞん》じます。
今月、六月の十二日から二十日にはメキシコに滞在《たいざい》しております。お目にかかれますでしょうか？

敬具《けいぐ》
アンドレス・ガルシア

返信されたメールに目を走らせ、胸が高鳴った。これだ。この《イシュ・コデックス》には、何かいわくがありそうだ。

ガルシア教授殿《どの》
お目にかかったこと、もちろん記憶《きおく》しております。また、教授が危険《きけん》な道へ向かわれていることをご警告《けいこく》申し上げなければなりません。
《イ＊・コ＊ックス》が存在《そんざい》するという話は、評判のかんばしくないいくつかの組織によって、長い間流されていた流言であります。さまざまな怪《あや》しげなオカルトを実践《じっせん》するグループです。高名な考古学者のガルシア教授からこの写本についてうかがうとは、思いもよりませんでした。その写本をさがす者は、形跡《けいせき》も残さずに突然《とつぜん》行方不明になる、といううわさがあります。
わたしがこのメールで、この写本の名称《めいしょう》すら記さずにいることに、お心をおとめくださいますよう。教授が御身《おんみ》の安全をお考えでしたら、インターネットで検索《けんさく》することはもとより、Eメール上のやりとりにも二度とその名称を出さないよう、ご忠告《ちゅうこく》申し上げます。インターネット検索履歴《りれき》、ならびにEメールは、《イ＊・コ＊ックス》に強い関心を持つ組織により油断なく監《かん》視《し》されていると知ったら、教授はおどろかれることでしょう。
これ以上のことはメールで申し上げることができません。教授のメキシコご滞在中に、おたずねする所存《しょぞん》でおります。日程の詳細《しょうさい》については、まだ決めないほうが得策《とくさく》かと思われます。

敬具

カルロス・モントヨ

ぼくは、反射的《はんしゃてき》に「返信」をクリックして、モントヨ博士にメッセージを打っていた。

モントヨ博士様
わたしは、アンドレス・ガルシアの息子《むすこ》です。六月に父が飛行機事故で亡《な》くなったことを、ニュースでご存知《ぞんじ》と思います。今日、博士から父へのメールを読みました。博士は父とお会いになりましたか？　父の調査について、知りたい点がいくつかあります。教えていただけるとうれしいのですが。

ジョシュ・ガルシア

ぼくの目は、モントヨ博士からのメールの冒頭《ぼうとう》部分に飛んだ。いつ来たメールだろう？

博士からの返信は、父さんが出発した朝にとどいていた。メールは既読《きどく》になっている。父さんは、この調査旅行がマヤ文明の歴史的写本をさがすだけではすまないと知ったうえで、出発したんだ。そして、何かとんでもないことに巻《ま》きこまれた。殺人者の注意をひいてしまう何かに。

でも、それがもとで命を落とすほどのことだろうか？　しかも、わざわざだれかを犯人として仕立てあげるような？

ただ、ひとつだけは確信が持てた。父さんの殺人事件に関して、別の大きな動機が見つかったことだ。嫉妬《しっと》深い夫ではなく、歴史上の宝《たから》さがしだ。それが、父さんを帰り道のない旅――古代マヤ文明の暗闇《くらやみ》深くへ――と誘《さそ》ったのだ。

【ブログ】陰謀《いんぼう》の犠牲者《ぎせいしゃ》？

冗談《じょうだん》なんかじゃない。マジで父さんは大事件に巻きこまれたんだ。たった今、証拠《しょうこ》を見つけたところ（くわしいことは書けないけど）。

父さんは、マヤ考古学の新発見となるかもしれない文書を見つけた。長く所在が不明だった書物、というか写本で、二〇一二年にこの世の終わりが来るっていうマヤの予言に関係がある。

ぼくも、マヤ文字の解読法を習ったほうがよさそうだ。

コメント⑴　トップショッププリンセスより

あ、そう。やっぱり作り話だと思えてきたよ。ジョシュ、あなたは嘘《うそ》つき野郎《やろう》なの？

返信

どうしてそんなこと言うかな？　図書館で調べものするから、いっしょに来る？

コメント⑵　トップショッププリンセスより

ははは（笑）、わたしは十六歳《さい》よ、ジョシュ。あなたにはちょっと年上じゃない？　ナンパするつもりならね。

返信

ハァー？　そんなこと、だれも言ってませんって。

5

さっそく次の日から、調査にとりかかった。父さんのEメールに手がかりがあったからだ。ぼくはマヤ考古学の専門家《せんもんか》ではないが、家の書斎《しょさい》には本が山ほどある。そこで、古代マヤ文明について猛《もう》勉強を開始した。

小さいころ、よく家族そろってメキシコで夏を過ごし、父さんが発掘《はっくつ》している遺跡《いせき》の近くに滞《たい》在《ざい》したものだ。地名は記憶《きおく》のかなたにかすんでいる。実際、自分がどこにいるのかなんて気にもしなかった。どこもほぼ似たようなものだった。寺院遺跡、ジャングル、テント、そして地元の村の子どもたちとサッカーができる平らな場所さがし。

考古学には少しも興味がなかった。それが今は残念だ。

父さんのメールに出てきた都市の名前は、どれも聞き覚えがなかった。カンクエン、カラクムル、エク・ナーブ、チェチャン・ナーブ。そこで、父さんの本で調べることにした。カンクエンは、メキシコのとなりの国グァテマラにある遺跡《いせき》。カラクムルは、メキシコ南部カンペチェ州の遺跡だった。父さんの飛行機が墜落《ついらく》した現場に近い。

カンクエンとカラクムルは、古代マヤ帝国《ていこく》の重要な都市だった。カラクムルには、かつてユクヌーム・チェンという名前の強大な支配者がいて、長く君臨《くんりん》していたことがわかった。だが、エク・ナーブとチェチャン・ナーブという名前は、まったく見つけることができなかった。

インターネットで調べられるマヤ語辞典があった。これはすごい！　マヤ語の発音を聞けるメニューまである。その辞典によると、エク・ナーブは「暗い水」か「黒い水」、チェチャン・ナーブは「とぐろを巻《ま》いたヘビの水」という意味だった。

ウェブサイトをあちこちさまよっていると、玄関《げんかん》のチャイムが鳴った。当然ぼくは人に会いたい気分ではなく、最近は静かに暮《く》らしていたのだが……。玄関の外にいたのは、タイラー・マークスだった。ブラジルの格闘技《かくとうぎ》、カポエイラ教室の友人だ。

「死んでるんじゃないかと思ってね」にやっと笑ってタイラーが言った。

「ぼくはだいじょうぶだけど、父さんが死んだんだ」

とたんに笑いがひっこんだ。

「悪い、ジョシュ。そうだったのか。ちっとも知らなかった。練習に来ないから、もう熱がさめたのかと心配になってさ」

「まあね……っていうか、ほかにやることがあって」

「どんな？」

「あ……ちょっと」

「もう少し続けたほうがいいんじゃないかな、ぼくもだけど」

「うーん」

しばらく、どちらも気まずくだまったままだった。

「お父さん、どうして亡《な》くなったの？」

「殺人事件」

「嘘《うそ》だろう？」

「いや」

「えーっ」

「そうなんだ」

ぼくらは言葉もなく見つめ合っていた。タイラーは、帰ろうとしなかった。

「あのさ、ジョシュ。ロンドンからスカウトが来るんだ。ブラジル行きのイギリス・チームの選手を選びに。リカルド師範《メストレ》が言うには、オックスフォードからも一人選ばれるんだって」

「へえ。きっときみだよ」

タイラーは、少しがっかりしているように見えた。

「それがさ、型をやってるところを見たいんだって。同じレベルの人と組んでいるところを」

そういうことか。ぼくと組んで、自分を目立たせたいんだ。

「どうすればいいの？」

タイラーの日焼けした顔に、白い歯が広がった。「これから数週間、練習に来てくれればいいだけ。そしたら、九月にスカウトが来るときには、デモンストレーションが見せられるから」

ぼくは頭をかいた。「ちょっと体調が悪いんだ」

「だいじょうぶ、よくなるさ」

「お返しは高くつくよ」

「何でもするから」

ぼくはため息をついた。

「わかった、いいよ」そしてスケートボードをつかんだ。「借りは返してもらうからね」

そういうわけで、ぼくらはジムに行ってスパーリングをした。

カポエイラには、いろいろ細かな決まりがある。ぼくは、アバダという白い稽古着《けいこぎ》を着て歌の輪に加わったが、心はどこか遠くにあった。歌はポルトガル語で歌う。魂《たましい》と体をひとつにして戦う昔の奴隷《どれい》の歌だ。ぼくらはおたがいに筋肉《きんにく》をほぐし、優雅《ゆうが》な戦いの型にもっていった。

何千キロのかなたで、朽《く》ちかけた遺体《いたい》が埋葬《まいそう》を待っている。その近くでは、殺人の罪を着せられた無実の男が、留置場に入れられている。タイラーの側転攻撃《こうげき》に反撃《はんげき》しながらも、しばらくそんな想《おも》いにとらわれていた。ぼくは、蒸《む》し暑いジャングルの中の、謎《なぞ》めいた名前の都市に引き寄せられていた。チェチャン・ナーブ、エク・ナーブ。

なぜ、この二つの都市は、どの本にもインターネット上にも出てこないんだろう？　映画《えいが》でインディ・ジョーンズ（スピルバーグ監督《かんとく》、ハリソン・フォード主演の冒険《ぼうけん》映画シリーズの主人公。考古学者）が失われた櫃《ひつ》と聖杯《せいはい》を見つけた都市のように、消失した都市なんだろうか？　父さんは、世界を変える力を持つ、とんでもない古代の遺物《いぶつ》を追っていたんだろうか？

これでは、自分でもばかげた夢物語をつくりあげているのかと思えてくる。けれど、そう考えずにはいられない。父さんは、何かやっかいなことに巻《ま》きこまれた。それは確かだ。

カポエイラの練習のあとは、タイラーの家に行って、いっしょにXボックス（家庭用ビデオゲームのひとつ）で遊んだ。タイラーは、自分に気がありそうな女の子のことをしゃべりっぱなしだった。ぼくはあまり口を開かず、ただ聞き役にまわった。あいにくぼくには、そういった話題がない。

歩いて家に帰ったが、まだ日があって暖《あたた》かかった。門を入ったときに、何か変だと感じた。カーテンが閉《し》まっている。全部だ。

ぼくは閉《し》めていない。きっとジャッキーが閉めたんだろうと思った。ジャッキーのところに行って、うちで何をしていたのか聞こうとしたとき、二階でドアの閉まる音がした。

ぼくの家の中だ。

ぼくは、鍵《かぎ》を出して玄関《げんかん》を開けた。ためらいがちに中に入り、声をかける。

「ジャッキー、ただいま」

返事がない。ぼくは立ったまま、聞き耳を立てた。

そのとき初めて、これは本当に何かがおかしいと思った。

だれかが二階にいる。ジャッキーではない。

武器になるようなものはないかとまわりを見まわしたとき、目出し帽《ぼう》をかぶった男が、嵐《あらし》のように階段《かいだん》を駆《か》け下りてきた。男は、手すりをとびこえてぼくのすぐそばに着地すると、パンチを繰《く》り出した。考えるひまもなくひょいと避《よ》けたところを見ると、ぼくの反射《はんしゃ》神経もまんざら悪くはないらしい。男のパンチは、惜《お》しくもぼくの顔をかすった。はずみで男がバランスを失ってよろめく。ぼくは、ジンガ（腰《こし》を落とし、顔面を防御《ぼうぎょ》しつつ左右に体を移動させる体勢）からポンテイエラ（相手の胸《むね》をねらう蹴《け》り）を入れた。まともに決まって、男は唖然《あぜん》としている。続いてチャパ・バイシャ（ひざを強くひと蹴り）。

男は、ふらふらと部屋に入りこんだ。ドアを閉めようとしたから、ぼくはとっさに足を出した。

ところが大きなまちがいだった。男に力まかせにドアを閉められ、ぼくは悲鳴をあげて足をひっこめた。男はドアを閉め直し、今度はバタンと閉まった。ぼくが肩《かた》から体当たりしても、びくともしない。ハンドルに何かかませたらしい。

部屋から出るとしたら、フランス窓《まど》だ。

玄関から飛び出すとき、アドレナリンが体じゅうにみなぎっているのを感じた。裏《うら》にまわると、黒いリュックを背負《せお》った男が芝生《しばふ》の上を逃《に》げていく。ぼくは、ラグビーのタックルのように飛びつき、男を地面にたおした。

それが失敗だった。カポエイラで攻撃《こうげき》を続けるべきだったのだ。男は、ぼくの行動を予期していた。地面の上では勝ち目がなかった。顔を二発なぐられた。口の中に血の味がして、目に火花が散った。くらっとしている間に、男はぼくを押《お》しのけて立ち上がろうとした。ぼくは手を突《つ》き出し、男の目出し帽とヤッケをつかんだ。逃げようとする男の帽子《ぼうし》がぬげる。その一瞬《いっしゅん》に男の顔を見た。背《せ》が高く、目は緑でアーモンド型、高い頬骨《ほおぼね》と四角いあご。かすかに化粧品《けしょうひん》の香《かお》りがした。ひげそりローションか、ヘア・ジェルのにおいだ。

誓《ちか》って言うが、逃げる前に、そいつはぼくに向かって、にやりと笑った。

ジャッキーが警官《けいかん》を連れて家に来たとき、ぼくはまだ、鼻と頬から流れる血をティッシュで押さえていた。

ぼくを見る警官《けいかん》たちの表情にはおどろいた。あなたの身の上に不幸なことが起こったのはお気の毒、でも、さらに不幸が重なるということはあなた自身に問題があるね、とでもいうような目つきだった。

家の中は、どこもかしこも物が散乱《さんらん》していた。引き出しの中身はぶちまけられ、棚《たな》も、食器戸《と》棚《だな》の中身も投げ出されていた。ジャッキーは、ぼくの顔をひと目見るなりまっすぐ冷蔵庫《れいぞうこ》へ行き、冷凍《れいとう》豆のふくろを出してぼくの顔に当てた。

「冷やさないと、ひどいあざになるから」

自分の部屋に行ってなくなっているものを見てきて、と警官の一人が言った。ぼくは、ふらつきながら二階へ上がった。ぼくの部屋も同じぐらいめちゃくちゃだった。ノート・パソコンがない。警官に知らせるために階段《かいだん》を下りながら、何が起きたか、懸命《けんめい》に考えた。

母さんのノート・パソコンも持っていかれた。父さんのパソコンも、デジタル・カメラもだ。

「質《しち》入れしやすいものを選ぶんだ」警官が言う。「ヤクを買う金ほしさのチンピラだろうな」

ぼくは、むっとして言い返した。「チンピラじゃなかったですよ。人相を言ったでしょ、若《わか》くても二十代後半でした。何か目的があるんですよ」

警官は、感心しないというようにぼくを見て、「泥棒《どろぼう》に手向かってはだめだよ、ぼうや。絶対だめだ。黒帯だろうと関係ない。われわれが犯人を捕《つか》まえるから、きみは被害《ひがい》を申し立ててくれればいい」

捕まればの話だけど、とぼくは心の中で続けた。

警官はさらにぼくに近づいて、「おとなりさんは、きみのお母さんがこのことを知っても、動《どう》揺《よう》するだけだという意見のようだ。今の状態ではね」そして付け加えた。「精神病院に入院中じゃあね」

「関係あると思いますか？」ぼくはたずねた。

「何と？」

「父の殺人と、この強盗《ごうとう》と」

警官は、呆気《あっけ》にとられた顔でぼくを見た。「さあねぇ……。気になるなら、バラット警部補《けいぶほ》に報告をあげておこうか」

「お願いします」

「夜この家に一人っていうのは、よくないな」と、警官が言った。「こんな事件のあとではね。盗《ぬす》みそこなったものを盗《と》りに、またやってくるってこともあるから。または、新しく買いかえたものをねらうとか。よそに泊《と》めてもらうほうがいいだろう。しばらくの間だけでもね」

警官は、思いやり深く聞こえるように気を使ってくれたが、事実は変わらない。一ヵ月のうちに、ぼくは、父親と母親、そして家まで失うことになったようだ。ばかばかしい。そうなったらそうなったで、自分の身は守ってみせる。

「ほんのしばらくのことよ、ジョシュ」ジャッキーが、温《あたた》かい手をぼくの肩《かた》に置いた。

ぼくは無言でうなずいた。目の奥《おく》がちくちくして、涙《なみだ》をこらえるのがやっとだった。

犯人がチンピラだなんて、ぼくは一秒だって信じない。《イシュ・コデックス》に関しての、モントヨ博士から父さんへの警告《けいこく》を思い出す。「その写本をさがす者は、形跡《けいせき》も残さずに突然《とつぜん》行方不明になる」。

だが、父さんの事件では、証拠《しょうこ》や何かが残っている。敵がどんなやつらだとしても、相手は不注意になっているのだろうか。ミスを犯し始めたのだろうか。

6

なぐられてぼうっとしたり打撲《だぼく》を冷やしたりしていたせいで、だいぶ時間がたってジャッキーの家に行くころになって、ようやく父さんの書斎《しょさい》を調べることを思いついた。パソコン以外に盗《と》られたものがあるだろうか？　本棚《ほんだな》から本が何冊《さつ》か床《ゆか》に落ちている。ぐうぜん落ちたのか？　ぼくは本を拾おうと、ひざをついた。

どれも、マヤ考古学の基本的な本ばかりだ。手にとって本棚へもどしたが、棚《たな》に隙間《すきま》がある。ぼくは、ならんでいる本の題名に目を走らせた。

一冊ぬけている。

何がぬけているか、すぐにわかった。いちばん大事な本だからだ。ジョン・ロイド・スティーブンス（一八〇五～一八五二年。アメリカの外交官、探《たん》検家《けんか》、実業家。「マヤ考古学の父」と呼《よ》ばれる）の本。二冊セットのうちの第2巻だ。『中米《ちゅうべい》・チアパス・ユカタンの旅』。

すっかり聞かせてもらったわけではないが、この本にはいわくがある。父さんと母さんが出会うきっかけになった、とくべつな本なのだ。旅と発見と冒険《ぼうけん》に胸《むね》をふくらませていた少年時代に、父さんはこの本を読んだ。この本を読んで考古学に興味を持ったのだ。この本は、父さんに、失われたマヤの都市を発見する夢をあたえた。ジャングルにのみこまれ、何世紀もの間身をかくしていたマヤの遺跡《いせき》を最初に目にした〝白人〟、父さんの英雄《えいゆう》であるアメリカ人探検家ジョン・ロイド・スティーブンスのように。

そう、その2巻がない。どこかにまぎれているかとよくさがしたが、直感的に泥棒《どろぼう》が盗《と》っていったと思った。だが、なぜ？　いやがらせとも考えられるが、それはありえない。父さんのメモか何かがはさんであったのだろうか？　ぼくは、父さんの椅子《いす》にすわって考えることにした。

よりによってあの本が盗られたとは、母さんには言えない。あれは、『中米《ちゅうべい》・チアパス・ユカタンの旅』の貴重な初版本だというだけでなく、父さんから母さんへの最初のプレゼントなのだ。父さんが母さんに宛《あ》てて初めて書いた、ロマンチックな書きこみがある。

どうしたらあの本を取りもどせるか――そのことで、ぼくの頭はいっぱいだった。代わりを見つけることとならできるはずだ。

となりの家に入るなり、パソコンを借りてインターネットを始めても、ジャッキーは別におどろかなかった。ぼくは古本屋のウェブサイトに入り、あの本の在庫があるかさがした。すると、オックスフォード州で四、五軒《けん》の古本屋が持っていることがわかった。そのうちの一軒には初版本がある。

住所を見て、思わず笑いたくなった。ここオックスフォードのジェリコ地区の店だ。

翌日《よくじつ》、学校帰りにバスでまっすぐそこへ行った。モードリン橋をわたっているときに、携帯《けいたい》電話が鳴った。タイラーからだ。

「昨夜《ゆうべ》のこと、メール見たよ。おまえ、何やってるんだ？」

「好きこのんで泥棒に入られたわけじゃない」

どうして、だれもかれも、ぼくのせいにするんだろう？

「どうもわからなくってさ。だって……いったいおまえは、どうなってるんだ？」

「ああ……実はまだ言ってないことがある」

「何？」

「父さんが殺された理由とか、父さんの仕事に関係あることとか」

「大学の先生だったんだろ？　だれが先生を殺すかよ」

「考古学者だよ」ため息が出た。「それに……実は込《こ》み入ってるんだ」

「おまえ、今、何してるの？」

「ジェリコに行くところ。本をさがしにね。おまえの家のほうだよ」

「いっしょに行ってもいい？」

それで、フェニックス映画館《えいがかん》の前でタイラーと待ち合わせた。古本屋はそこからすぐだった。

ぼくは、まっすぐ店主のところに行って、ウェブサイトからメールした者だと言った。店主は、カウンターの後ろから本を持ってきた。

状態はよかったが、母さんの本ほどきれいではない。でも、本棚《ほんだな》にならべておくだけなら、母さんも気がつかないだろう。店のすみで、よく見てみることにした。

タイラーが肩《かた》を押《お》す。「どうだい？」

ぼくは表紙を開けて、中を調べた。すると、署名《しょめい》が入っているのに気づいた。

親愛なるアルカディオへ
あなたとの感動的な出会いに。この本の中にご自身を見出されることでしょう。チェチャン・ナーブとティカルでのすばらしき日々に感謝します。JLS,1843.

ＪＬＳ？

まさか……ジョン・ロイド・スティーブンス本人じゃないだろう？　チェチャン・ナーブだっ

て？　マヤの都市についての本を調べても、どうしてもわからなかった地名だ。年代はスティーブンスの時代のようだが、それ以外は何もわからない。

店主に見せてみた。何か知っていないだろうか？

「ああ、はっきり言って偽物《にせもの》だよ」店主は決めつけた。

「どうしてですか？」

「だって、ジョン・ロイド・スティーブンスはティカル遺跡《いせき》（グァテマラ北部にある古代マヤの都市遺跡）の発見を知らない。実際、彼《かれ》はそれと知らずにその位置を書き示してはいたんだがね。この本の中で、ティカルを、古代マヤ文明がいまだに生き続けている伝説の都市として書いている。生きている都市とね」

「マヤ文明が生きている？　十九世紀に？」ぼくは混乱《こんらん》した。

「そういううわさを記述している。それから数年後、ティカル遺跡が発見されたときには、ほかのマヤの都市と同じく廃墟《はいきょ》になっていた。スティーブンスは現地の伝説を伝えたにすぎないよ」

「ってことは？」

「つまり」店主は得意そうに続けた。「彼がティカルについて書きこむのは、不可能だ。その時点では発見されていなかったんだからね。そうだろ？」

「チェチャン・ナーブは？」

「それがまた問題でね。そんな都市はどこにもない」

店主は自信ありげだった。つまり、自分でも調べてみたのだ。たぶん、これが著者《ちょしゃ》本人の署名《しょめい》であったらとひそかに願っていたのではないだろうか。だとすれば、この本は大金を生む価値《かち》が出るから。けれど、現実には、〝たった〟二百ポンドで喜んで売ってくれるという。

「二百ポンド？　ウェブサイトにあった値段《ねだん》とちがうじゃない？」

ぼくはショックだった。

「二百ポンドに近い額なら、折り合いをつけようじゃないか」

折り合いなんてつきそうもない。ぼくはタイラーに目配せして、外に出た。

「二百ポンドもはらえないよ。たとえば、その……母さんのキャッシュカードを持ち出すとかする以外ね」

小声でそう言うと、

「暗証番号、知ってるの？」

「うん……まあ」

タイラーは肩《かた》をすくめて言った。

「お母さんのためなんだろう？　重大な犯罪じゃないさ」

ぼくらのわきをすりぬけて、フードをかぶった学生風の男が古本屋に入っていった。ぼくは何かを言おうとしたが、タイラーの言葉で気がそれた。そうだよ……ちょっと借りるだけだもの。わかれば母さんだってほしがるだろう。

店主と話しているフードの男が、タイラーの肩ごしに見える。二人はすぐ、レジに移動した。本とお金が交換《こうかん》される。

店主がこっちを見ている。とまどったような、奇妙《きみょう》な表情だった。

フードの男は、ずいぶん簡単《かんたん》に買う本を見つけたようだ。恐《おそ》ろしい考えがひらめいた。その男を見直した。どこかで見たことがある。目元は見えず、口とあごだけが見えた。

店から出てきてぼくらのほうに歩いてくるところを、よく見ようとした。彼《かれ》は、ぼくの視線《しせん》を避《さ》けている。彼が持っている紙ぶくろを見た。

そのとき、思い出した。あの緑の目。

「捕《つか》まえろ！」

ぼくがタイラーに向かってどなると、男は全速力で駆《か》け出した。

「えっ……？」

ぼくは、男を追って駆け出しながらさけんだ。

「あいつが泥棒《どろぼう》だよ！　あの本も買われた！」

飛び出したぼくに、タイラーもすぐ追いついてきた。

男は足が速かった。あっという間《ま》に通りをぬけ、映画館《えいがかん》を通りすぎた。角の店の手前で左に曲がった。ぼくらも二秒遅《おく》れで同じ角を曲がり、門をくぐって、レンガのアーチ道からセント・セパルカーズ教会の墓地に入った。男はイチイの木の間を駆《か》けぬけ、くずれた墓石をとびこえていく。ぼくらも続いた。

墓地のまわりは建築現場で、石膏《せっこう》の下地板が続いている。男は、逃《に》げ道を求めてずっと先まで駆けていく。もう少しで追いつくというところで、隙間《すきま》を見つけて通りぬけた。

タイラーがあとを追ってとびこみ、ぼくも続いた。反対側にぬけると、男はジェリコの裏町《うらまち》を駆けていくところだった。

ぼくらは、荒《あら》い息であとを追い続け、運河にかかる橋のたもとの小さな広場まで行った。橋をわたるとき、男がちらりとふりむいた。

ぼくらも遅《おそ》くとも二秒後には橋に着いたのだが、そのときには、どこにも男の姿《すがた》はなかった。堤防《ていぼう》の反対側にもう一本の運河があり、ヨットが舳先《へさき》をならべてつながれている。釣《つ》りをしている人が何人かいたが、みんな無関心だった。

ぼくは止まってかがみこみ、息を整えた。切れぎれの息の下から、やっと声を出す。

「フードをかぶったやつ、見ませんでした？　紙ぶくろを持った」

釣り人たちが、だまってふりむく。一人が頭を横にふった。

「いいや」

「見たでしょ!」

「見ないね」

タイラーとぼくは、しぶい顔を見合わせた。視線《しせん》が、明るい色に塗《ぬ》られたヨットの列に落ちる。ぼくの家に押《お》し入り、ジョン・ロイド・スティーブンスの初版本を盗《ぬす》んだ男が、このうちのどれかにいる。それは確実だ。だが、どのヨットだ?

ぼくは、失望して草をひとつかみ引っこぬくと、引きちぎって空にぶちまけた。タイラーが同情するようにぼくを見た。うまくいくと思ったのに、何にもならなかった。

もう疑《うたが》う余地はない。あの泥棒《どろぼう》は《イシュ・コデックス》の手がかりをさがしている。

この古写本さがしに関わっている連中がどんなやつらだか知らないが、組織力があるのは確かだ。メキシコから何千キロ離《はな》れていようと安全ではないと、そのとき気づいた。

【ブログ】落ち葉の嵐《あらし》の夢

警察《けいさつ》はたよりにならない。泥棒がジェリコのヨットのどれかに逃げこんだって、警察に話した。返事はこうさ、「捜索《そうさく》対象地点として、リストに入れておこう」。

納得《なっとく》できないよ。確かに、すごく高価なものを盗《ぬす》まれたわけじゃないから、盗難《とうなん》自体はたいしたことないでしょう。でも、殺人のあとの盗難ですよ？

そう言っても、だめ。関係ないって。それが警察《けいさつ》の見解。

ジャッキーはいい人だ。ぼくの面倒《めんどう》をよく見てくれる。ただし、ジャッキーの家のパソコンは高速回線につながっていない。古本さがしの役には立ったけれど、マヤについてのあらゆるデータを集めるのは不可能だ。それで結局、図書館さ。は、は、は、トップショッププリンセス。関心があったら来ればいい。来なくても、どっちでもいいよ。

母さんから、病院に来てひと晩《ばん》、病室に泊《と》まらないかって言ってきた。付き添《そ》い用のベッドがあるんだ。ちょっと緊張《きんちょう》したけど、病院はわりとゴキゲンだった。医者が白衣を着ていないんだ。だれが医者だか患者《かんじゃ》だか、わからないよ。

もちろん、母さんには泥棒《どろぼう》のことは言わなかった。盗まれた母さんの大事なものを買おうとして、買えなかったことも言わなかった。

満月だった。月明かりが病室にやさしく満ちていた。

気がつくと、母さんが目を覚まして、窓《まど》ぎわに立っていた。

ぼくは声をかけた。「母さん、お願いだからよくなってよね。母さんにたおれられたら、ぼく、どうしていいかわからない」

母さんはただ頭をふって、「ジョシュ、この気持ちわからないでしょうね。あなたには、こんな気持ち味わってほしくない。何もかもが霧《きり》のように消えてしまって、何も残ってないの」

「父さんのこと、警察がまちがってるんだよ」

ぼくが見つけたEメールのことを教えてあげたかったけど、言わなかった。もう少し調べてからだ。

「ぼくが証明するから。待ってて」

ほかに何を言えばいいのかわからないから、寝返《ねがえ》りを打って、おなかを下にして眠《ねむ》った。うつぶせで寝《ね》ると、はっきりした夢を見るってわかってたんだ。でも、昨夜《ゆうべ》の夢は、ほんとに不思議な夢だったな。実際に自分がそこにいるように思えた。

夢の中で、ぼくは、舞《ま》い散る落ち葉の嵐《あらし》からぬけることができず、くらくらしながらもがいていた。舞い散る落ち葉がぼくを取り囲み、閉《と》じこめる。ぼくは目を閉じる。

嵐の真ん中で、突然《とつぜん》平静になった。目を開けると、落ち葉が消えていた。ぼくは、草ぶき屋根の小さな部屋の中に立っている。まわりじゅうにろうそく。秋の焚火《たきび》のにおいに、アマニ油のような、つんとするにおいがまじっている。目がひりひりして、強くまばたきをする。部屋の中は煙《けむり》が立ちこめている。

草をしいた床《ゆか》に、男が横たわっている。知らない人。だれだか見当もつかない。四十代後半だろうか、中年で白髪《しらが》まじり。男ははげしく咳《せ》きこんで、息がつまりそうになり、体を震《ふる》わせている。顔から目玉がとびだしそうだ。顔色が紫《むらさき》になっている。相当具合が悪そうだ。でも、ぼくは動けなかった。助けようともせず、同情も何も感じずに、ただ見ているだけだった。焚《た》きこめる香《こう》のせいで、めまいがするのかもしれない。

横たわった男は、もう虫の息だ。それがわかる。近づいて見ようとしないで、持っているろうそくに火をともす。自分がわけのわからない言葉をつぶやいているのが聞こえる。男はもう長くない。

ところがそのとき、何の前ぶれもなく男の目が開いた。男はぼくの目を見すえて告げた。

「バカビスを呼《よ》べ」

夢はそのあと、切れぎれになった。仏像に似た小さな像。古いおんぼろボートを取り囲む一面の水。防波堤《ぼうはてい》をはさんで対《つい》になって建つ、二軒《けん》の藁《わら》ぶき小屋。水面に立ちこめる霧《きり》。

だれか解釈《かいしゃく》してくれ！

コメント(1)　トップショッププリンセスより

心理学の成績Aのわたしが分析《ぶんせき》しましょう。

死にかけている男性は、お父さんの象徴《しょうちょう》でしょう。窒息《ちっそく》でしょ——あなたのお父さん、絞殺《こうさつ》だったって言わなかった？　お父さんが亡《な》くなった場面を想像したんじゃない？　東洋的なイメージは何かしらね？　お香とか、仏像みたいな像とか、水の上の藁ぶき小屋とか。

返信

東洋的ではないと思うよ。アジアへは行ったことないから。

そのほかはわからない。君の言うとおりかも。

コメント⑵　トップショッププリンセスより

実際に死んだ人が夢にあらわれる場合、あなたの人生を前向きに進めなさいって告げているんだそうよ。

ジョシュ、今のお母さんにはあなたが必要だと思うわ。お母さんの力になることだけを考えてあげて。お父さんのことはもう、考えなくてもいいと思う。お父さんのせいで、二人ともひどく傷《きず》つけられたんでしょ？

7

翌日《よくじつ》、トップショッププリンセスのコメントを読んだとたん、ぼくは頭にきて、怒《いか》りのメールを早打ちして送信した。ありったけの悪口を浴びせてやった。ぼくの父さんを悪く言うなんて、何様のつもりだ？　ぼくが何を信じていいかわからないっていうのに、あんたになんか、もっとわからないだろう？

結局、結論《けつろん》はこうだ。彼女《かのじょ》は赤の他人だということ。実際、彼女についてぼくは何を知っているのか？　心理学の成績がAで、オックスフォードに住んでいて、少なくともUFO《ユーフォー》に関しては肯定派《こうていは》。どうやら、アホだ。ぼくは友達に対して寛大《かんだい》なほうだけれど、あんな考えなしのコメントを書くやつは別だろう？

父さんの死をどう考えるかは、ぼく自身の問題だ。母さんのことだってそうだ。トップショップリンセスの言い方が気に入らない。典型的な、おせっかい年上女だ。だいたい、なんでぼくのブログなんかを読んでいるんだろう？

そう考えた瞬間《しゅんかん》、もっと恐《おそ》ろしいことに気がついた。あのブログを閉《と》じなくちゃいけない。泥棒《どろぼう》に入られて以来、パソコンを盗《ぬす》んだやつらに、父さんとモントヨ博士のメールを読まれるのが心配だった。名前はわすれたが、ピーボディー博物館の人物とのメールもある。やつらに読まれるのは、それだけではなかった。ぼくのブラウザ履歴《りれき》を調べられたら、あのブログのURLもわかるだろう。そうしたら、もっといろいろなことを……知られすぎる！

それで、ぼくはブログを別のサーバーに移し、パスワードを設定した。これで自分しか読めなくなった。前のブログは削除《さくじょ》した。

さらば、トップショッププリンセス。勝手に一人でコメントを書いているがいい。

けれど、少なくとも彼女は、この問題について唯一《ゆいいつ》の話し相手だった。ぼくだけでかかえるのは重すぎるが、かといって学校の友達になど話せない。

それで、母さんにメールのことを話そうと思った。

母さんは薬のせいでぼんやりしているから、理解してもらうのは簡単《かんたん》ではないだろう。でも、やってみる価値《かち》はある。ぼくは、バスで病院に行った。ヘディントン・ヒルの並木《なみき》を通りすぎるとき、ほとんど蛍光色《けいこうしょく》のようなライムグリーンの葉の色に、はっとした。

ほら母さん、早くよくならないと。夏のいちばんいい時期を見のがすよ。

病室で、母さんの手をにぎって話しかけた。「見つけたことがあるんだよ」

母さんは額《ひたい》をさすって、うめくような声を出した。「おまえはいつでもそうね。なぐさめるだけってことができないの？　わたしだって、そうしてるのに」

「父さんは、嫉妬《しっと》から殺されたんじゃないよ」

そう言って反応を見た。確実に関心がある。

「父さんは、とても重要なマヤの古写本をさがしていたんだよ。二〇一二年に世界の終わりが来るっていうマヤの予言に関するものらしい。カルロス・モントヨっていう学者がEメールで警告《けいこく》してきてた。その古写本の名前はEメールの文章にも書いてはいけないって、父さんにそう警告してるんだよ！　でも、父さんは少なくとももう一人、別の人にもメールしたんだ。父さんがそれ以外の何人に話したか、わからない。だから、その古写本のことで殺されたんだと思う。〝嫉妬深い亭主《ていしゅ》〟は、罠《わな》にかけられたんだよ」

最初のひと言以外、母さんがどれだけ耳をかたむけてくれていたのかわからない。母さんは、しばらく無言で考えこんでいた。

「ごめん、ジョシュ。何の話？」

「父さんはだれかにねらわれていたって話だよ」

母さんは、わけがわからないようだった。「それが、その……どう関係があるの？」

「つまり、父さんは、チェトゥマルの女性の旦那《だんな》に殺されたんじゃないってこと」

「旦那に殺されたんじゃない？」母さんが繰《く》り返した。

ぼくはため息をついた。話が全然通じていない。

「いいかい母さん……だいたい、事件がずいぶん都合よく、すばやく解決しすぎだって思わない？」

「また別の陰謀説《いんぼうせつ》を考えたの？」母さんは、薄笑《うすわら》いして言った。

「父さんが殺された。容疑者《ようぎしゃ》が必要だ。早くしないと、わからないけど……たぶん、イギリスの警察《けいさつ》が乗りこんできて首を突《つ》っこむから。ちょうどそこに、あるうわさを聞きつけた……村のゴシップ。それで、地元の男を事件に結びつけたんだよ。男を逮捕《たいほ》して罪を着せる。これで解決、めでたしめでたし」

「全然めでたくない」

「めでたくないさ」

「そうね、ジョシュ。そうかもしれない」

母さんは、それしか言わなかった。ぼくの言いたいことを理解したかどうか、わからない。

「つまりね、母さん、ぼくらにできることがあるってこと。調べることができる。その女の人がだれなのか。ぼくらが行って会ってみればいいでしょ」

「メキシコへ行くってこと？」母さんは、ぼそりと言った。「母さんはまだ本調子じゃないのよ」

ぼくは、母さんの手をにぎりしめて言った。「今はまだ、ね。でも、もう一週間か二週間したらよくなるでしょ？　来週から夏休みだよ。そのチェトゥマルの女の人と話してみようよ。そしたら、はっきりする。どう思う、母さん？」

母さんは、ためらいがちに言った。「お医者さんに聞いたほうがいいかしら？」

ぼくは思わず、にやりとした。これは進歩だ。

「そうだね。何か前向きに考えないと。その女の人が何なのか、調べようよ。必要なら、やっつけてやるさ」

「そうね……それがいいかもしれない。それから、お葬式《そうしき》」母さんは心もとなげだった。「お父さんのお葬式をしないといけないわ」

それで、計画を立て始めた。もはや、ぼくがメキシコの警察《けいさつ》に誤認逮捕《ごにんたいほ》を指摘《してき》するのは、時間の問題と思えた。

ぼくは、気持ちのたかぶりを感じた。大成功だ。メキシコに行ってその女性に会えば、父さんとはただの友達だということがわかる。マヤ考古学の調査か何かで、父さんを手伝っていた人かもしれない。バラット警部補《けいぶほ》に、父さんのEメールのプリントアウトを見せてやろうと思った。そうすれば、メキシコの警察がまちがった犯人を逮捕したってことがわかるはずだ。パソコンをさぐったおかげでこれほど成果があるとは、おどろいた。この件さえ片《かた》づけば、母さんも父さんの死を少しずつ乗りこえるだろう。

そうなるはずだ。ぼくがついているから。いっしょに乗りこえればいい。

そう思いながら、心のどこかで泥棒《どろぼう》のことを考えずにいられなかった。やつらはうちのパソコンを手に入れた。これまでにぼくが知りえたことは、すべてわかっている。

いったいだれなんだろう？　発見したもののために父さんを殺してしまったのに、なぜ、まだうちの近くをうろついているんだろう？

【ブログ】古代マヤの第五写本？

さて、秘密《ひみつ》のブログの最初は、ぼくが進める調査の記録。だれが、なぜ、父さんを殺したのか？

ぼくは今、サマータウン図書館のコンピューターでブログを書いている。終わったら、ブラウザの履歴《りれき》から消去するつもりだ。いずれにしても、今度のブログにアクセスするには、パスワードがいる。

　なぜ、古代マヤ時代の失われた写本が、こんな騒《さわ》ぎを起こすのだろう？　それがどれほどの価《か》値《ち》があるものかわかるまで、想像がつかなかった。

　めずらしい考古学的遺物《いぶつ》には大金がからむらしい。インターネットで調べると、ありとあらゆるいかがわしい人物が、遺物の取引に関わっているようだ。大金持ちの南米《なんべい》の麻薬《まやく》組織のボスでさえ、手に入れられないらしい。彼《かれ》らは、とくにマヤ時代の遺物を好むとか。

　しかし、未発見のマヤ写本とは何なのか？　まだよくわからない。

　古代マヤ人は、樹皮紙《じゅひし》を折りたたんで、あざやかな色彩《しきさい》の象形文字を描《か》きこんだ。古代マヤ文明を書きとめた、すばらしい記録だっただろう。問題は、そうしてつくられた写本が四冊《さつ》しか残されていないこと。

　かつてマヤ帝国《ていこく》には、古代から書き写されて伝えられた書物が何百冊もあった。ほとんどが天文学と数学に関するものだった。一六五二年にスペインがメキシコを征服《せいふく》してからあと、スペイン人の聖職者《せいしょくしゃ》ディエゴ・デ・ランダがマヤの書物を狩《か》り集め、マニというメキシコの町で焼きつくした。書かれている内容が反キリスト教的ととったのだ。その光景を目にしたマヤの人々は、打ちひしがれた。

　やがて教会は、デ・ランダをスペインに呼《よ》びもどし、その行ないを罰《ばっ》した。しかしマヤの人々にとっては、すでに手遅《ておく》れだった。

それでも四冊の写本が残った。その四冊は、征服者のスペイン軍人がマヤの都市から盗《ぬす》み出したものだった。数百年後、軍人の子孫の家から三冊の写本が発見された。四冊目は、メキシコのどこかの洞窟《どうくつ》にかくされていたのが見つかった。

写本は全部で四冊。現在はどれも博物館で保管されていて、個人のコレクターが持っているわけではない。五冊目の写本がどこかにあるとしたら、マヤ学研究の分野において大きな考古学的発見となるだろう。コレクターにとっては、とんでもない宝物《たからもの》だ。

父さんは、この写本のことで、金と力のある南米のギャングにねらわれたのだろうか？　犯人は、父さんを殺したものの、宝のありかがわからなかったのだろうか？

8

ブログを書く手を休めて、考えこんだ。

映画《えいが》では、地元の警察《けいさつ》はたいてい麻薬《まやく》組織のボスの言いなりになっている。この事件の相手は人殺しもするし、村の人間に罪を着せたりできるやつらだ。組織に反抗《はんこう》した者が、よくそういうことになる。

しかし、カルロス・モントヨ博士は、父さんにメールでこう言ってきている。「インターネット検索履歴《けんさくりれき》、ならびにEメールは、《イ＊・コ＊ックス》に強い関心を持つ組織により油断なく監視《かんし》されていると知ったら、教授はおどろかれることでしょう」と。

博士はメールの中で、《イシュ・コデックス》という言葉を使うことさえ避《さ》けていた。インターネットを盗《ぬす》み見るプログラムにひっかかる恐《おそ》れがあるからだ。

麻薬組織のボスがマヤの遺物《いぶつ》に関心を持っていると知っても、父さんはおどろかなかっただろう。そういうことは日常的にあったから。賄賂《わいろ》の代わりにマヤの遺物をわたせと、そういうやつらに言われたと、父さんから何度か話を聞いたことがある。

それにしても、麻薬王がEメールを盗み見る技術など持っているだろうか？ そういうことは国家や軍がやることじゃないか？

もしかして、カルロス・モントヨが言う組織って、そういう意味なのか？

ぼくは、頭をしぼって、父さんのメールの内容を正確に思い出そうと努めた。《イシュ・コデックス》に関して以外で覚えているのは、父さんが「カラクムル書簡《しょかん》」と書いていた、自分が入手した古代マヤ文書のことだった。

父さんは、ぼくらにその文書のことを話していない。父さんにとって、とても重要な文書だったようだ。ふつうなら、そういうことは母さんに話すし、場合によってはぼくにも話してくれるはずだった。

それなのに、家でその話をほんのひと言も聞いた覚えがない。どういうことだろう？

その夜、ぼくは眠《ねむ》れなかった。まだ泥棒《どろぼう》のことが気になっていた。やつらが、ぼくのブログも父さんのメールも読んだのは、確実だ。そして、うちの中もさがした。ぼくより相当ついていないかぎり、今ごろはやつらも行きづまっているはずだ。次はどう出るだろうか？

そのマヤ文書を見つけなくてはならない――もし、まだオックスフォードにあるのなら。あるとすれば、さがす場所はあと一ヵ所。

ぼくは、父さんの大学へ行った。職員はみんな顔なじみだ。父さんの死を悼《いた》んでいるというしぐさで礼儀《れいぎ》正しく目礼して、中に入れてくれた。よく大学の行事に引っ張り出されているから、父さんが学校のみんなに好かれていたのを知っている。整備された中庭の、芝生《しばふ》の角を曲がろうとして、父さんの同僚《どうりょう》ナオミ・ターンブル教授と鉢合《はちあ》わせしかけた。いつもぼくにやさしくしてくれる人だ。ぼくは彼女《かのじょ》に、父さんの事務室を片《かた》づけに来たと告げた。

「ああ」ターンブル教授は、同情するように眉根《まゆね》を寄せた。「お母様の代わりに？　ジョシュ、なんていい子なんでしょう」

みんなと同じように、教授も最新の情報を知りたがった。父さんが死んで以来、ぼくは、まるでニュース・レポーターにでもなったようだ。

「ええ、亡《な》くなったのはほんとです。……実は殺人で……いいえ、まだ犯人はわかっていません。今のところ、手がかりを追っているところで……」

それ以上のことが言えないのが、自分でもいやだった。でも、だれもが、ぼくと同じように父さんの潔白《けっぱく》を信じているとはかぎらない。とくに母さんに関しては、こまったことになる。かわいそうな未亡人《みぼうじん》ではなく、裏切《うらぎ》られた妻と言われるのはいやだろう。

ターンブル教授は急いでいるようだった。

「ごめんなさい、ジョシュ。今朝ちょっとした事件が起きて、これから警察《けいさつ》の人に会わなくちゃいけないのよ」

「事件って？」

「ああ、空き巣なの。実際には空き巣未遂《みすい》だけど。お父様の部屋のある階段《かいだん》よ。警報《けいほう》が鳴って、逃《に》げたの。大学に空き巣に入るなんて、変よね。そう思わない？」

ぼくは凍《こお》りつきそうになったが、平静を装《よそお》った。「ええ、変ですね」

ターンブル教授は、心をこめてぼくの手をにぎってから、去っていった。

急いで父さんの部屋に入った。中に入ったとたん、悲しみの波が押《お》し寄せた。悲しみが大きくて、立っていることもできず、その場にすわりこんだ。目から涙《なみだ》があふれた。どこを見ても、父さんがいる。父さんの机《つくえ》。その上には、父さんの本と父さんの書類。ぼくの写真もある。八歳《さい》のときの写真だ。歯のぬけた顔で笑っている。

ようやく気をとりなおすと、かくし場所になりそうなところをさがし始めた。マヤ文書をかくすとしたら、父さんはどこにかくすだろう？

何も見のがすまいと、注意深く部屋をながめまわした。わかった。フレデリック・キャザーウッド（イギリスの建築家、画家。スティーブンスに同行して、マヤ遺跡《いせき》の挿画《そうが》を多く残した）のマヤ遺跡の銅版画に視線《しせん》がとまる。

父さんは、キャザーウッドの挿画《そうが》が大好きだった。彼《かれ》の描《か》いた碑銘《ひめい》はほかのだれのものよりすぐれている、といつも言っていた。まるで写真に撮《と》ったようだと。

ぼくは、額を釘《くぎ》からはずした。壁《かべ》には何もない。額の裏《うら》に指を走らせた。真ん中あたりが、ほんの少しふくらんでいる。

爪《つめ》を立てて、絵の裏の茶色い紙をはがす。外側の紙がはがれた。その下に何かがあった。薄紙《うすがみ》で何重にも包み、便箋《びんせん》ぐらいの大きさに折りたたんである。ぼくはそれを慎重《しんちょう》に広げた。かなり古そうな樹皮紙《じゅひし》だ。これに似たものを博物館で見たことがあった。三辺はまっすぐだが、右側の一辺だけが真ん中から垂直《すいちょく》に破ったかのようにギザギザになっている。白いチョークのようなものをぬった表面に、薄れかけたマヤ象形文字がびっしり描いてある。

これが何であれ、完全なものではない。右側の部分が破りとられているのだ。これが、カラクムル書簡《しょかん》だろうか？　薄紙に包み直そうとして、いちばん外側の紙に何か書きこんであるのに気づいた。ボールペンの字だ。

ジョシュ、エレノア。万一わたしがメキシコから帰らなかったら、これを焼却《しょうきゃく》してくれ。重大なことだ。複製してはいけない。必ず廃棄《はいき》すること。

愛をこめて、アンドレス。

別れの手紙にしては、なんて簡単《かんたん》なんだろう。別れの言葉はないの？　ぼくらをどれほど愛していたとか、そういうことは？　それほど危険《きけん》な文書なら、どうして自分で処分《しょぶん》しなかったのだろう？　それともこのメモは、実際にはあわないかもしれない危険への保険だろうか？父さんにとって、ぼくと母さんは、たったそれだけの存在《そんざい》だったのか？　父さんの代わりに証《しょう》拠《こ》を燃やして処分する人間？

母さんには、このカラクムル書簡――かもしれないもの――のことは言わないことにした。父さんのメモは、潔白《けっぱく》な夫だと証明するには足りない。ぼくでさえ、それを認《みと》めざるを得ない。理由はもうひとつあった。母さんは、父さんの指示にしたがって文書を燃やせと言うかもしれないからだ。そんなこと、できやしない。大きな手がかりなのだから。

ぼくは、キャザーウッドの銅版画の裏紙《うらがみ》の残りをはがした。すると、もう一枚《まい》、何かが出てきた。あまりのおどろきに、しばらくの間、目が離《はな》せなかった。それは、小型の四角い白黒写真だった。コダック社の印画紙に焼きつけられ、一九六四年八月の日付がある。写っているのは？

ひと目見て、わかった。夢の中の男。息を引きとる前にぼくにささやいた人物だ。「バカビスを呼《よ》べ」と。

9

父さんの部屋の片《かた》づけをすると言ったとおり、ぼくは書類を箱につめ始めた。どうしても持って帰りたい写真があった。モンブランの頂上《ちょうじょう》に立つ父さんの写真だ。『マヤ象形文字辞典』など、マヤ文字の読み方の本も何冊《さつ》か入れた。そして、選《え》り分けた書類や雑誌《ざっし》、本などを入れた段《だん》ボール二箱を置きに、自分の家に寄った。裏側《うらがわ》の窓《まど》には板が打ちつけてあった。だれかがガラスを入れてくれないかぎり、そのままだ。ぼくは、本を何冊か持ってサマータウン図書館にもどり、マヤ文字の解読にとりかかることにした。

カラクムル書簡《しょかん》の中の判読しやすい文字に、父さんのEメールにあった地名と同じものがあるか調べることから始めた。索引《さくいん》には、聞き覚えのある地名がいくつもあった。行ったことのある場所もあるのだろう。

この作業をしていて、次のようなことがわかった。遺跡《いせき》の名は、マヤ時代の地名が判明した場合は、それを名称《めいしょう》として使う。たとえばウシュマル、チチェン・イツア、カラクムルのように。だが、マヤ時代の地名が今ではわからなくなっていることがある。そういう場所では、たとえばパランケのように、そこに近い、スペイン人がつくった町の名前が遺跡名になっている。

わかっている地名のリストを片手に見ていくと、カラクムルとカンクエンをあらわす象形文字が文書中にあることがわかった。チエ（結び目）、チャン（ヘビ）、ナーブ（水）のそれぞれをあらわす文字も、簡単《かんたん》に見つかった。文書には、それが組み合わさったひとつの象形文字が出てくる。チエチャン・ナーブという地名は前にもインターネットで調べたが、どこにも見つからなかった。そのこと自体が不思議だ。マヤの都市名のほとんどは、何らかの文献《ぶんけん》に出てくるのに。

チエチャン・ナーブは、失われたマヤの都市のひとつなのだろうか？　父さんのメールにあったもうひとつの都市、エク・ナーブの名前も見当たらなかった。

ここまではまだ序《じょ》の口《くち》だった。カラクムル書簡の象形文字の列をながめて、こまりはてた。どの方向に読むのかがわからない。左から右へ？　上から下へ？　どこから読み始めるのかさえわからなかった。それで、カラクムル書簡をひとまず安全な場所に——ペーパーバック版『神秘《しんぴ》の短剣《たんけん》』（フィリップ・プルマン作のファンタジー小説『ライラの冒険《ぼうけん》』の第二部）のページの間に——はさんだ。それから、『マヤ象形文字の読み方』という本を読み始めることにした。

読んでいるうちに、ななめ前にすわった女の子がこちらをちらちら見ているのが視界《しかい》の片《かた》すみに入り、気になった。はじめは、ぼくのことなんか見ているわけがない、と思った。たぶんぼくの後ろにクールな男子学生がいるんだろう、と。ぼくは本で顔をかくして、そのかげから女の子をのぞいて見た。

かわいい。

白と青の木綿《もめん》のワンピース。バター色の金髪《きんぱつ》が、波のように肩《かた》にかかっている。ぼくは体をねじって、自分の後ろを見た。学生は大勢いるが、どいつもみんな、たいしたことない。どう見ても、ななめ前の席のかわいい子に釣《つ》り合うのはいない。視線《しせん》をもどすと、彼女《かのじょ》はまっすぐぼくを見て、とろけるような笑顔を見せた。

ぼくは赤くなりながら、何とか口を動かし、「えっ、ぼく?」と、漫画《まんが》みたいにやった。彼女がうなずく。ぼくは椅子《いす》を後ろに引いて、できるだけゆっくり歩きながら、何か決まったセリフを言わなくちゃと、必死になって考えた。

結局、こう声をかけた。「やあ、だれかさん」

すると、彼女はほほえんで、「やあ、ジョシュ」

頭が真っ白になった。

「ブログの子でしょ? わたしのこと、知ってるはずよ」

信じられない。でも、本当に？

「トップショッププリンセス？」

「オリヴィアよ。オリヴィア・ドトリス。みんなはオリーって呼《よ》ぶわ」

「でも、トップショッププリンセス？」

「当たり前。そうじゃなきゃ、ここであなたに会えるって知らないでしょ」

「ああ。あれは、その……冗談《じょうだん》だと思ってた」

「ええ、そうね。あなたがブログを削除《さくじょ》するまではね。それで、わたしがなぜ、ここに来たと思う？」

ぼくは、ポケットに両手を突《つ》っこんで考えた。

「ええっと……さあ、わからない」

彼女は眉《まゆ》をひそめて続けた。「あやまりたかったの、ジョシュ。ブログが削除されたのを見て、わたしのコメントで気を悪くしたんだと思った。本当にごめんなさい。そんなつもりじゃなかったの」

ぼくは肩をすくめて言った。「別にいいよ」

「気を悪くした？」

「まあね。確かにむっとした。父さんのことを知りもしないのにって」

「そうでしょうね。わたしがばかだったわ。考えが足りなかった。たぶん、あなたのお母さんに同情したんだと思う。まずお母さんのことを優先《ゆうせん》するべきだ、と思ったのよ。でも、結論《けつろん》を急ぎすぎたわ。それに……」彼女《かのじょ》は言葉を止めてまわりを見まわし、声を低めた。「あなたがブログにいろいろ書きすぎるのが心配になったの。家に泥棒《どろぼう》に入ったやつらがブログを読むって、思わなかったの？　自分の居場所まで書くんだもの、もっと気をつけないと！」

「そうなんだ。だから削除《さくじょ》したんだよ。きみのせいとかじゃなくてさ」

「なら、よかった」と、彼女はほほえんだ。

図書館員からおおげさにシーっと言われたので、ぼくらは庭に出て、彫刻《ちょうこく》のそばのベンチに腰《こし》かけた。かんかん照りのすばらしく夏らしい日で、庭はほとんど無人だった。

「あなたの事件について、ずっと考えてたのよ」オリーが話し始めた。「気を悪くしないでね。鼻を突《つ》っこむわけじゃないんだけど、すっかり興味をそそられたわ。ＵＦＯ《ユーフォー》の件から何からね。本当にぐうぜんだと思う？　あなたのお父さんの事件と、大規模《だいきぼ》なＵＦＯの目撃《もくげき》情報があったのが同じ時期だってこと」

母さんの状態を考えると、今はその話をしたくなかったが、オリーの言うことは当たっている。ぼくにはぐうぜんとは思えない。ただし、謎《なぞ》の古代写本を追う麻薬《まやく》王とＵＦＯがどうつながるのか、見当もつかなかった。

オリーは続けた。「わたし、ＵＦＯを見てから考え方が変わったの。今まで読んだり聞いたりしたことが疑問《ぎもん》に思えるみたいな」

「たとえば？」

「ええと、たとえばマヤ文明とＵＦＯの関連とか」

正直に言うと、ぼくが考古学の中で興味をひかれるのは、ＵＦＯと古代史との関連だった。この問題はおもしろい。けれど、この手の話は、ぼくの家では当然タブーだった。インターネット上にたくさんあるようなマヤ文明に関する怪《あや》しげな説にぼくが染《そ》まらないように、父さんは注意していた。

「それって、古代マヤ人は失われたアトランティスから来た！　とか、古代に宇宙《うちゅう》飛行士がいた！　とか、そんなこと？　父さんはいつも笑いとばしてたよ」

「ＵＦＯに拉致《らち》されたら、笑ってられないわよ」

「もしも拉致されたのならね」

「関係があると思わないの？」

ぼくはため息をついた。

オリーはさらに言った。「ＵＦＯとマヤ文明との関連を証明する最初の人間になりたくないの？　それって、歴史の大きな謎を解くことよ」

「ああ……父さんは、そういった超《ちょう》自然志向には反対してた。それに、きみがぼくの最後のブログを読んでから、事態は少し動いてるんだ。父さんが殺された原因がわかったよ」

「わたしだってわかったわ」

ぼくらは見つめ合った。

「なんだって？」

「考えてみてよ」彼女《かのじょ》はぼくの腕《うで》をぐいと引いて、ささやいた。「あなたのお父さんが古代マヤ文明とＵＦＯ《ユーフォー》の関連を見つけたとしたら、どう？　その古写本が本当にマヤ人と宇宙人《うちゅうじん》とのコンタクトを証明したら、どうなる？　大変なことでしょう？」

ぼくは混乱《こんらん》した。「だれにとって？」

「みんなよ。遺物収集家《いぶつしゅうしゅうか》やオカルト教団の指導者たちは、大喜びするわ」

「ええっと、でも、そういう人たちは人殺しはしないだろう？」

「ＣＩＡよ」

「なんだって？」

「ＣＩＡだってば」彼女は繰《く》り返した。「じゃなかったら、ＮＡＳＡ《ナサ》とか、イギリス諜報部《ちょうほうぶ》だか何だかいう組織。そんな国家組織がＵＦＯの情報をかくしてるんだわ。エリア51（グルームレイク空軍基地の通称《つうしょう》。ＵＦＯの機密《きみつ》をあつかうアメリカ軍の秘密《ひみつ》基地といわれる）の人たちよ。わかるでしょ、ジョシュ。もっと大きくとらえないとだめ。ほんとに、ほんとにおおごとなのよ！」

国家の謀略説《ぼうりゃくせつ》まで出てきては、ちょっとまともじゃない。でも、わからなくもない。メキシコにはＵＦＯ目撃《もくげき》の長い歴史がある。もちろん母さんは、言い古された「メキシコ人は想像力が豊かだから」というひと言で片《かた》づけるが……。モントヨ博士が、父さんへのメールで書いていたではないか。「インターネット検索履歴《けんさくりれき》、ならびにＥメールは、《イ＊・コ＊ックス》に強い関心を持つ組織により油断なく監視《かんし》されていると知ったら、教授はおどろかれることでしょう」。

ＣＩＡか！

「当然、Ｅメールもチェックできる」独り言が口からこぼれた。

「そうよ」

「ぼくからモントヨ博士に送信したメールを読んだんだ」

「モントヨって？」

ぼくは、オリーを見て口を閉《と》じた。オリーは真剣《しんけん》な表情でぼくを見ている。言うべきだろうか？　言葉が中からはじけ出しそうだ。実際に話せる相手がいるのは、とてもうれしかった。

いったん話し始めたら、もう止まらなかった。

ぼくは、父さんのＥメールのことをオリーにくわしく話した。カルロス・モントヨ博士、そしてピーボディー博物館のマーティノウとかいう人物とのやりとりを。それから《イシュ・コデックス》さがしについて話し、大学の父さんの部屋でカラクムル書簡《しょかん》を見つけたところまで話して聞かせた。ずっと持ち歩いていて、まだ薄紙《うすがみ》に包んだままだ。

その文書の断片《だんぺん》を見せると、オリーは目をまるくして感激《かんげき》した。

「すっごい！」

「でしょ」

「でも、切れてる」と、急にがっかりして言った。

「うん。右半分がない。でも、マヤの文書は、縦《たて》の列を上から下へ、そして列は左から右へ読むのさ。だから、少なくとも手紙のはじめの部分は解読できるはずだよ」

「残りはどこにあるのかしら？」

ぼくは顔をしかめた。「さあ……父さんが見つけたのは、これだけじゃないかな」

「ふうん」オリーは考えこんで、「これが《イシュ・コデックス》の一部だと思う？」

モントヨ博士とマーティノウ博士に宛《あ》てた父さんのメールでは、そうは言っていなかった。だが、実際のマヤの古写本がどんなものなのか、ぼく自身はまったく知らない。

「よくわからないけど、これは、その古写本について書いた書簡じゃないかと思う。たぶん、どこにあるか、とか」

「モントヨ博士は何て言ってたの？」

「モントヨ博士は、《イシュ・コデックス》のことをよく知ってるみたいだった。それをさがす人は行方不明になるって父さんに書いてきた。ほんとに不思議なんだよ。この件が起きてからマヤ考古学についていろいろ読んだけど、《イシュ・コデックス》なんて、どこにも、ひと言も書いてない」

「変ねえ。それなのに、どうしてモントヨ博士は知ってるの？」

ぼくは考えた。

「わからない。モントヨ博士は父さんに会いたいって言ってきてた。だから、ぼくは本当に会ったかどうか、メールで問い合わせたんだ」

「そしたら？」

「返事がない」

「こうは思わなかったの？　その人が、実はあなたのお父さんを殺した張本人《ちょうほんにん》かもしれないって」

「思ったさ」

ぼくは嘘《うそ》を言った。そう、ぼくだって無意識には少し疑《うたが》ったと思うよ。オリーに突《つ》っこまれて質問されると、自分が見のがしていたようなことまで、はっきり見えてくる。

オリーは、その説をさらに進めた。「彼《かれ》は、あなたのお父さんがその書簡を調べているのを知った。それで、協力しようと持ちかけ、お父さんと会って、亡《な》き者にした」

「そうなると、今、殺人で逮捕《たいほ》されてる男は、どうなの？」

「そこが問題よね」オリーも認《みと》めた。「ＣＩＡなら、無実の人を犯人にでっちあげたり、泥棒《どろぼう》を装《よそお》って家を捜索《そうさく》したりするわ」

「それじゃあ、ほんとにＣＩＡだと思うの？」

「わからないわ、ジョシュ。この段階《だんかい》で想定できる説を考えてみているだけ。探偵《たんてい》や刑事《けいじ》は、そうするでしょ？」

ぼくはちがう。ぼくにとって大事なのは、父さんがほかの女性とのごたごたで殺されたのではない、と母さんに証明すること。それを、ぼく自身にも証明することだ。

マヤ古写本には確かに好奇心《こうきしん》がわく。父さんはそれをさがしていた。ぼくは今、そのあとを追い始めたところのようだ。わかっているのは、それが父さんの行方不明と関係があるらしいこと。それに、はっきり何とは言えないが、いやな感じがする。父さんのあとを追うことには、恐怖《きょうふ》がつきまとう気がする。恐怖と危険《きけん》のにおいがする。

「今やるべきことは、わかってるでしょ？」と、オリーが言った。「この書簡《しょかん》を解読することよ。古写本も見つけないといけないかもね。手伝うわ。やってみる気、ある？　Ｘファイルのモルダーとスカリーみたいに」

ぼくは思わず笑って、「君がスカリーでぼくがモルダーなら、君は、ＵＦＯ懐疑派《ユーフォーかいぎは》になっちゃうよ」

「どっちだって同じよ。最後には二人ともＵＦＯを信じるもの」

オリーの話で、ぼくもひらめいたことがある。チェトゥマルに住んでいるという女性は、父さんの古写本さがしに関係しているのではないか？　そうだとしたら、父さんがその人と何度も会っていたことも説明できる。その女性は、古写本について何か知っているのかもしれない。夫が逮捕されたのは、彼女《かのじょ》をだまらせるためかもしれない。

選ぶ余地はない。チェトゥマルの女性に会って話を聞かなければならない。

ぼくはオリーに聞いた。「君は大学生？」

オリーは笑って答えた。「まだまだ！　セント・マーガレットの六年よ」

その学校なら知っている。ファッション・モデルの契約《けいやく》をしている生徒も何人かいるらしい。オリーが美形なのも不思議じゃない。ぼくの学校には、もっとふつうの女の子しかいない。

「ねえ、じゃあ、本気で古写本をさがそうと思ってるの？　まだ発見されてないと思う？」オリーは、見とれるような笑顔を見せて言った。「考えただけで、わくわくするわ」

「でも、真剣《しんけん》に危険だと思うよ」

「あなた、全然好奇心わかないの？」

「ぼく？　そりゃわくけど、警戒心《けいかいしん》もわく」

「あなたのお父さんを殺したやつらに、仕返ししたいと思わない？」

「古写本を見つけることで？」

「そうよ。やつらの鼻を明かしてやるのよ」

オリーの青い瞳《ひとみ》は、興奮《こうふん》できらきら輝《かがや》いていた。

オリーの言葉をそのまま認《みと》めるわけではないけれど、それはとても誘惑的《ゆうわくてき》だった。その古写本がまだ発見されずにあるのなら、ほかの人たちもほしがっていることはわかっている。古写本が見つかれば、すべてが判明する。だれが父さんを殺したかの答えもふくめて。

ぼくが古写本を手に入れれば、彼《かれ》らはぼくと交渉《こうしょう》したがるだろう。

「そうだね、正直いうと、手伝ってほしい」

こうして、ぼくらはチームを組むことになった。オリーの推理《すいり》力のおかげだ。あんな女の子は見たことがない。オリー・は・ス・ゴ・イ。


【ブログ】カラクムル書簡《しょかん》、解読！

今日のブログには目的がある。紙に書くことも、パソコンのハード・ドライブに残すこともしたくない秘密《ひみつ》を記録するためだ。

でも、だれもこのブログの存在《そんざい》を知らない。トップショッププリンセス、つまりオリーにも、ブログを再開したことを言っていない。彼女《かのじょ》に見られたらきまり悪いことを、書くかもしれないってこともある。

いやぁー、オリー！　なんという逆転。ごめんなさいと言われた十秒後には、もう許してた。つまり、ちょっとおかしな変人タイプの女の子じゃないかと思ってたんだ。全然ちがった。実際は、超《ちょう》変人の脳《のう》みそを持った、超美人だった。

結局、サマータウン図書館では、あれ以上進まなかった。じろじろ見られ、静かにしろと叱《しか》られたから。カポエイラ仲間のタイラーには、貸しがある。それで、オリーといっしょにタイラーの家に行き、「貸しを返してもらうよ。ひと晩《ばん》パソコンを使わせてくれ」と告げた。それ以上何も言う必要がなかった。オリーがいっしょなら、たとえテレビで大事な試合をやってたって、喜んで居間を使わせてくれただろう。

タイラーも解読を手伝うというので、やってもらうことにした。人数が増えたほうが安全だと思った。知っている人間が増えるほど、やつらだって、ぼくらをだますのがむずかしくなる。

〝やつら〟——そう言うと、ぼくもすっかり陰謀《いんぼう》マニアになった気がする。

ぼくらは飲み物とプリングルズ（P&G社のポテトスナック）の缶《かん》を開け、タイラーの両親をごまかすために

「バットマン・ビギンズ」（クリストファー・ノーラン監督《かんとく》、クリスチャン・ベイル主演のアメリカ映画）のDVDをつけた。そうしてマヤ文字の解読にとりかかった。

マヤ象形文字の読み方について自分の知っていることを、ざっと二人に教えた。マヤ象形文字は、格子型《こうしがた》にならんでいる。読み方入門の本によれば、はじめの象形文字はその文書の書かれた年代をあらわす。そのあとは、縦《たて》二行をひと組ずつ読み進める。縦の行を左からA、B、C、Dとすると、Aのいちばん上の文字から読み、次にBのいちばん上、Aの二番目、Bの二番目……と順にいちばん下まで読んでいき、次はとなりの二列に移って、Cのいちばん上、Dのいちばん上、Cの二番目、Dの二番目……という具合だ。

まず、簡単《かんたん》なところから始めた。日付だ。マヤの文書は常に日付から始まる。何年も前、ぼくが退屈《たいくつ》していたときに、父さんがマヤの日付の読み方を教えてくれた。やり方は覚えていたが、辞書なしでは読めなかった。

文書にあるマヤの日付9. 11. 0. 4. 8 16 Pax 9 Lamatを西暦《せいれき》に換算《かんさん》すると、六五三年一月八日となる。七世紀に書かれた書簡《しょかん》だ！

次に、本文にとりかかった。一人が一度にひとつずつの象形文字を受け持つことにした。まず全体をながめて、運よくすぐにわかるものがあるかどうかさがした。ひとつの文字で何かの意味、たとえば地名をあらわす場合があるからだ。

そのやり方で、わかりそうな文字を一生懸命《けんめい》さがしていたら、象形文字を見すぎて目がしょぼついてきた。それで、少し休憩《きゅうけい》することにした。

そのときまでに、カンクエン、ユクヌーム・チェン、カラクムル、バカブ、イツアムナ、臣下、聖《せい》なる、書物、イシュ、そして「それは起こる」という言葉が解読できた。

次は難関《なんかん》だ。ぼくらは文書の残りを、一語ずつ読みくだいていった。答えの手がかりをつかんだと思うと、その言葉をインターネットでできるかぎり調べた。こうして、解読のコツをつかんでいった。

六時間たっても、まだ作業は続いていた。ピザを注文し、また作業を続けた。三人とも、自分が最初に放り出したくないと思っているようだった。ぼくは何度も言った、「もうやめて、寝《ね》ようか？」と。でも、二人ともやめようとしなかった。「まさか、もうちょっとなんだから！」。

ブラインドから朝日が差しこむころ、解読が終わった。

カンクエンのキニク・カン・アフクよりカラクムルの王ユクヌーム・チェンへ書簡を送る

我《われ》は王の臣下なり

チェチャン・ナーブより彼《かれ》は出《い》り、十字の偉大《いだい》なる神殿《しんでん》より

バカブは敗れり

イシュの聖《せい》なる書物は世の終焉《しゅうえん》を語り
イツアムナの神聖《しんせい》なる書に記す 13.0.0.0.0
それは起こる……

10

ぼくの目はその文字に釘《くぎ》づけになり、数秒たって、ようやく声が出せた。

「ふぅ」

タイラーが言った。「どういうこと？　世の終焉《しゅうえん》？　それって……」

「……世界の終わりってこと？」ぼくがあとを引き取った。「そのことなら、父さんが何年か前に教えてくれた。古代マヤ暦《れき》は、ある日付で終わっているんだって。13.0.0.0.0――つまり13バクトゥン」

タイラーが期待してこちらを見る。

「あの……それって、何？　つまり、ぼくらのカレンダーで言うと？」

ぼくは、努めて平気な声を出した。

「ああ……それが、実はもうすぐなんだ」

「いつ？」

「二〇一二年十二月二十二日」

タイラーが何かおもしろいことを言おうと口を開けたが、結局、何も言えなかった。

「学者たちは、13バクトゥンという日付の根拠《こんきょ》を調べているそうだ。何年もの間ね。だが、まだわかっていない」

タイラーは、ぼくらが解読した文を指さして言った。「この『イシュの聖《せい》なる書物』があれば、わかるんだな！」

「イシュの書物って、《イシュ・コデックス》のことでしょうね」オリーが考えながら言った。

「ここにはエク・ナーブのことが書いてないなあ……」ぼくはつぶやいた。

「この、世界の終わりの日のこと、もっと教えてくれる？」タイラーの声が大きくなった。

「言葉どおりじゃないよ」と、ぼく。「言葉どおり、世界が終わるっていう意味じゃないんだ。ひとつの時代が終わるってことだって。父さんはそう言ってた」

「そう信じられればいいけどさ！」タイラーが言った。「今までおれは、そんな話聞いたことなかったけど、なんだかすごく心配になってきたぞ。だってほら、おれには予定ってものがあるからさ！」

ぼくは言った。「このマヤの書物——古写本が問題なんだ。その書物こそ、なぜマヤの人々がカレンダーを二〇一二年で終わらせたのかを、説明できるんじゃないかな」

「そうかい」タイラーが強い口調で言った。「でも、ほんとに世界の終わりだったらどうする？」

そんなことがあるだろうか？　その考えは、ぼくがマヤについて聞かされてきたこととちがいすぎて、とても認《みと》められなかった。

タイラーに答えることができず、ぼくは再び、カラクムル書簡《しょかん》に目を落とした。

書簡には、二列になった象形文字が二組ある。最後の文は不完全だ。不完全どころじゃない。最後の文章の意味がわからない。最後の象形文字は動詞《どうし》で、こう始まる——「それは起こる」。

その先は破り取られている。右半分がなくては、この書簡の意味がわからない。それがわからなくては、古写本さがしの希望もない。残りの半分なしでは、父さんだって見つけられない。つまり、父さんが古写本のありかを突《つ》きとめたのなら、カラクムル書簡の残り半分をどこかにかくしたのも、父さんだ。だが、どこに？

「この言葉、バカブって、あなたの夢に出てきた言葉でしょ？　ほら、ブログに書いてた」

「ぼくの夢に出てきたのは、バカビス」

「それだ。バカブ、イシュ。どっちもこの書簡にあるじゃないか。続けると、バカブ・イシュ、バカビシュ、バカビス……」と、タイラーが言った。

自分の見た夢がこの書簡《しょかん》と何か関係があるかもしれないという考えは、胃に一撃《いちげき》を食らったようなショックだった。そんなばかな。一瞬《いっしゅん》、夢の中の落ち葉の嵐《あらし》にもどった気がした。記憶《きおく》の断片《だんぺん》がよみがえる。香《こう》の炊《た》きこめる煙《けむり》の向こうで、見知らぬ男が息をつまらせて死んでいく。

急に一人になりたくなった。考えをまとめたいと思った。やっとのことで口に出した。

「ほんとにもう、帰らなくちゃ」

新聞配達の少年が町に出てくるころ、ようやくジャッキーの家にたどり着いた。まだ夢の中にいるようだった。夢で見たものはそれほど多くはないけれど、あれは知らない場所だった。なじみのある感じがしない。

霧《きり》が立ちこめる湖畔《こはん》に建つ、藁《わら》ぶきの家。冷たく、静止した光景。見たこともない場所だ。非現実的だが、落ち着かない。

カラクムル書簡に、二〇一二年十二月二十二日の日付が書かれていることがわかった。世界の最後の日のことも。《イシュ・コデックス》のことも。

それから、バカブ・イシュという言葉。

バカビスを呼《よ》べ。

バカビス＝バカブ・イシュとは、だれ？　または何？

夢で見たのは、本当に父さんの部屋の写真の人だろうか？　自分がどんどん非現実の世界に踏《ふ》みこんでいく気がした。

その日の午前中、ぼくは学校でICT（情報通信技術）の授業を受けた。といっても、もうほとんど学期は終わりなので、かなり自由だった。たいていの生徒はウェブ・サーフィンをしていた。

ぼくは、グーグルで「バカブ」を検索《けんさく》した。バカブというのはマヤ神話の神だった。マヤの神イツアムナの四人の息子《むすこ》のうちの一人だ。イツアムナは、マヤ神話の神のうちでも相当高い位の神で、古代マヤの人々に文字と農業をもたらした。イツアムナの上に立つのは、創造主《そうぞうぬし》だけだ。マヤ神話によると、イツアムナはイシェルという女神と結婚《けっこん》して、四人の息子が生まれた。名前はそれぞれイシュ、カワック、ムルック、カン。バカブ・イシュというのは、このうちの一人にちがいない。

いったいなぜ、マヤの神様を呼べなどと言うんだろう？　オカルトじゃあるまいし。

放課後、バスで病院へ行った。母さんが今週末には退院できるといいなと、ぼくは期待していた。看護人《かんごにん》の話では、母さんはずいぶんよくなったそうだ。薬を変えたらしい。かなり軽い薬になったから、前よりずっとはっきりしたそうだ。病室に入れてもらったが、母さんは眠《ねむ》っていた。うまく一人になれた。ぼくは、付き添《そ》い用ベッドに横になり、一秒後には眠りに落ちていた。

しばらくして、だれかがぼくの鞄《かばん》をさぐっているような気配に気づいた。まだ半分寝《ね》ぼけながら、まあいいや、と思っていた。母さんはいつだってそうやって、ぼくがかくした学校からの手紙や何かをさがしているから。そのあと、ぱったり静かになった。母さんの動きが止まった。起きてみると、母さんが写真を手に持って、まじまじと見ている。例の写真だ。ぼくが父さんの部屋で見つけた写真。

母さんは、心底おどろいた声で言った。「これ、どこにあったの？」

「父さんからもらった」

母さんは強く打ち消した。「ちがう、そんなはずないわ」

ぼくはびっくりした。

「ほんとだよ」

嘘《うそ》をつくことにした。小さな嘘だもの、たいしたことはない。

「これは、父さんが自分で持っていた写真だわ。絶対に手放さなかった」

「なんで？」

「ほんとに父さんからもらったのなら、この写真の説明も聞いているはずでしょ」

ぼくはだまった。まちがいない、母さんは、前よりずっとよくなっている。

「嘘ついたわね」

もう、見破られた。

「大学の父さんの部屋で見つけたんだ。本を取りに行ったときに」

「なんのために？」

「ただ……マヤの象形文字について知りたくて」

「どうして？」

ぼくはうめき声をあげて、ベッドにあお向けに寝《ね》そべった。

「ねえ、母さん。すっかり元どおりになったね！　あのね、実は、父さんが追いかけてたマヤの古写本に関係あるんだよ。わかる？」

母さんは、意味がわからないようだった。

「父さんがさがしていた古写本のこと話したの、覚えてるでしょ？」

ああ、と言ったけれど、明らかにわかっていない。つい、きつい声になった。

「ちょっと母さん、前に話したことだよ」

そう言ってしまってから、母さんの体調を思い出して反省した。

母さんは、さぐるようにぼくの顔を見て言った。「なぜこの写真に興味を持ったのかを教えてくれたら、この写真が父さんとどういう関係があるのか話すわ」

「いいよ。でも……」ぼくはちょっとためらった。「母さんがいやがる話かもしれない」

「どうして？　また嘘をつく気？」

「ちがうよ。ただ……その、ばかげた話だから」

「話してみて」

それで母さんに、ぼくの見た夢の話をした。覚えているかぎり、細かいことまで全部、くわしく話した。話しながら、背中《せなか》がぞくぞくした。

夢の最後になって、「そしたら、その人がぼくのことを見て言ったんだ……」と言ったとき、「バカブ・イシュを呼《よ》べ」母さんが、そう続けた。

「なんで？」ぼくは思わずつぶやいた。「なんで知ってるの？」

「聞いたことがあるから」母さんは、いとも簡単《かんたん》に言った。「あなたのお父さんもまったく同じ夢を見てたの。何度もね。子どものころからだそうよ。でも、夢の意味がわからなくて悩《なや》んでた。アンドレスはバカブの神話について研究したわ。ずいぶん論文《ろんぶん》も書いた。だけど、一向に夢の解《かい》釈《しゃく》には近づくことができなかった。ところが一年ぐらい前、彼《かれ》のお母さんから手紙が来て、なんとアンドレスを育ててくれた人、今まで父親だと思っていた人が、実の父親ではなかったことがわかったの。かくされてきた家族の秘密《ひみつ》ってわけね。ときにはあることだわ。ことに、メキシコのようなカトリックの国ではね。未婚《みこん》の若《わか》い女性の妊娠《にんしん》はおおっぴらにできなかったから。今でもそうよ。それでアンドレスのお母さんは、別の、親しい一家の男性と結婚《けっこん》して……というわけ。本当の父親のことは、もうだれも思い出しもしなかった。わざわざ自分の子どもに、あなたは婚《こん》外子《がいし》だって言う親はいないもの。けれど、お母さんも歳《とし》をとって、アンドレスに真実を話しておこうと決心したんだそうよ。お母さんの話では、実の父親というのは博物館の学芸員をしていた人で、十九歳《さい》のときに出会ったんですって。少なくとも〝自称《じしょう》〟博物館の学芸員。この写真の人がそうよ。彼は、博物館のために古い文書を収集《しゅうしゅう》する目的で、地元のコレクターをたずねてまわっていた。そのときに二人は知り合って、恋《こい》に落ちた。ところが、ある日突然《とつぜん》、彼は村を出ていったまま、帰らなかった。あなたのお祖母《ばあ》さん、アベリータが博物館に問い合わせてみたら、そんな人物はいないと言われたそうよ。彼には知り合いが一人もいなかった。まるで、どこからともなくあらわれて、また消えていったかのようだった。アベリータにとって、この一枚《まい》の写真だけが、彼が実在した証拠《しょうこ》だったの。この写真と、もちろんあなたのお父さんの存在《そんざい》がね」

ぼくは、口がきけなかった。

母さんが続ける。「そのあとアベリータと結婚した、お父さんの育ての父親は、とてもいい人だった。お父さんは、実の父親だと信じきっていたそうよ。ところが、お父さんが十歳か十一歳になるころから、その夢を見るようになったの。小屋にいる男の人の夢。『バカブ・イシュを呼べ』。ずっとつきまとわれていたわ。夢の中の人物が実の父親だとわかったときには……父さん……」

母さんは、思い出にふけるように言葉を止め、また続けた。「笑うべきか泣くべきか、わからないようだった。ずっと前に失《な》くした自分の一部が見つかったようだって。でも、結局、夢の意味はわからずじまいだった」

母さんはぼくにふりむくと、ひたと見つめて聞いた。「ジョシュ、お父さんがその夢の話をあなたにしたの？」

ぼくは首を横にふった。どうやら父さんは、いろいろなことを秘密《ひみつ》にしていたようだ。

「それなのに」母さんが静かに口にした。「それなのに、どうしてあなたが同じ夢を見るの？」

【ブログ】カポエイラ・オ・レ・レ

何かふつうのことがしたくてたまらなかった。それで、タイラーに誘《さそ》われるまま、サマータウン・アート・フェスティバルのカポエイラのデモンストレーションに加わることにした。

よく晴れた土曜の朝の川岸で、興味津々《しんしん》のサマータウン住民の前に、ぼくらは登場した。軽やかな風が、桜の木から最後の花びらを運び、ぼくらの上に花吹雪《はなふぶき》を舞《ま》い散らせた。

リカルド師範《メストレ》が、ビリンバウ（カポエイラで使うメインの楽器）を手に取った。ぼくはパンデイロ（太鼓《たいこ》）だ。ぼくらは輪になって立ち、楽器と歌で観衆《かんしゅう》の気分を盛《も》り上げた。

演舞《えんぶ》を始めるとすぐに、スーパーの買い物客たちが道をわたってやってきた。カポエイラの技は、相手の体すれすれで止めて、接触《せっしょく》はしない。格闘技《かくとうぎ》でもあり、バレエでもある。選手たちのよく制御《せいぎょ》された、アクロバット的な美しさが見せどころだ。

何回目かで、タイラーと対戦した。どう動くかは練習してあった。ホーダにカポエイラ・オ・レ・レの歌がひびき、ぼくらは演技を始めた。ジンガ、倒立《とうりつ》、アウー・マランドロー（片手《かたて》で倒立し、ひと蹴《け》り）、ココリニャ（しゃがんだ姿勢《しせい》の避《よ》け）、アルマーダ（蹴り）、ケイシャーダ（あごへの蹴り）。練習どおり、ぼくは完璧《かんぺき》に動きをこなしていた。すると、タイラーが順番を無《む》視《し》して、アドリブで動き始めるじゃないか。ヘッドスピン、倒立、回転。ぼくを見て、にやりと笑う。不意をついて楽しんでるんだ。そこから先は、二人とも即興《そっきょう》で動いた。ぼくらは音楽のリズムに体をゆだねていた。

タイラーのやつ……見せびらかしめ！　でも、あいつは確かに観客に受けるコツをつかんでいる。見物人は大喜びだった。

そこへオリーがやってきて、また古写本の世界へ……。

11

オリーがいるかと期待して、観客を見まわした。いた！　タイラーもオリーを見つけて、バランスをくずす。彼女《かのじょ》が見ていると思うだけで、二人ともテンションが上がる。彼女の視線《しせん》を受けた場所は、皮膚《ひふ》が熱くなる気がした。

「かっこよかったよ」終わると、笑いながらオリーが言った。

タイラーは次の対戦の準備に入り、上着をぬいでシャツになった。

「いい体してるね」リカルド師範《メストレ》と向かい合って立つタイラーを見て、オリーが感想をもらす。

ぼくはため息をついて、「ああ、そうだね。あいつ、きっとイギリス・チームの選手に選ばれると思うよ」

「そうなるといいわね。すごいなぁ、タイラーって！」

話題を変えなければ。

「聞いてよ。夢の中の男のことがわかったんだ」

オリーが目をむいてふりむいた。

「それで」

「ぼくのお祖父《じい》さんだった。秘密《ひみつ》のお祖父さん。父さんは、正式に結婚《けっこん》する前に生まれた子どもだったんだって。父さんの母さんが、去年、初めて打ち明けたらしい。それで実の父親の写真を、父さんのところに送ってきたそうなんだ。そのおかげでわかったんだよ。父さんの本当の父親というのは、ぼくの夢に出てきた人だった」

いいぞ。完璧《かんぺき》にオリーの興味をひいた。すっかり夢中になっている。

ぼくは、タイラーをちらっと見た。レベルの高い動きをこなしたところだった。息をのむような倒立《とうりつ》での回転、ヘッドスピン、時計のように正確な動きだ。リカルド師範《メストレ》相手には、即興《そっきょう》で動かないことに気づいた。すべての攻撃《こうげき》は、正確にミリ単位で相手の体すれすれをかすめる。取り囲む観客の輪が厚くなった。感嘆《かんたん》の声があがる。

オリーは、ぼくのとなりで考えこんでいた。

「それじゃ、あなたは、自分のお祖父さんが死ぬところを夢で見たっていうの？」

ぼくはうなずいた。そのとおり、予知夢《よちむ》ってやつだ。予知ではなくて過去のことだけれど。

「バカブ・イシュを呼《よ》べって言ったのは、お祖父《じい》さんだったのね」

「そういうこと」

「すごい」オリーは、声を落としてつぶやいた。「じゃあ、このマヤにまつわるいろいろなことは、あなたの家族の中で、何年も前からつながってたことなのね」

ぼくはまた、うなずいた。「ぼくらが解読したあのカラクムル書簡《しょかん》は、お祖父さんが発見したものだったんだ。それで父さんは、《イシュ・コデックス》をさがし始めた」

「でも、あなたのお祖父さんがカラクムル書簡を見つけたのなら、自分でも《イシュ・コデックス》をさがしたんじゃないかしら」

「そこだよ。お祖父さんが古写本をさがし、次に父さん、そしてぼくだ」

オリーが、ぼくの肩《かた》を軽くたたいた。

「一家の伝説は続くってわけね」

「たいした伝説だよ。二人とも死んでしまったのに、まだ《イシュ・コデックス》は見つかっていない」

「まだね。お祖父さんは、どうしてその古写本をさがしていたのかしら？」

それは、ぼくにはわかっていた。博物館の学芸員だったからだ。マヤの遺物《いぶつ》をさがすのが仕事だ。

「それで、博物館は何て言ってるの？」と、オリーが突《つ》っこんだ。

そこが妙《みょう》なところだ。博物館側は、彼《かれ》の存在《そんざい》をまったく否定《ひてい》していた。

「アベリータ――ぼくのお祖母《ばあ》さん――も聞いてみたそうだ。ずっと前に。それでも、彼がどこから来たのかもわからなかった」

オリーの目がきらきら輝《かがや》いた。

「ステキ！　それに、まだカラクムル書簡の残り半分の謎《なぞ》があるわ！　おそらくあなたのお父さんが持っていたはずよね」

「ぼくもそう思う。そうじゃなかったら、《イシュ・コデックス》さがしの糸口をつかんだとは言えないもの」

オリーはしばらくだまりこんだ。カポエイラを見ながら、その視線《しせん》は遠くにただよっている。

「それでね」ぼくは口を開いた。「決めたんだ。何とかして……チェトゥマルにいる父さんの愛人に会いに行こうって」

「愛人？　あなた、否定してると思ってたけど」オリーが、いたずらっぽくほほえんで言った。

「行けばわかるさ。彼女《かのじょ》は何か知ってるはずだよ。《イシュ・コデックス》さがしに関することをね」

「どこから知ったんだろう？　このことを知っている人は、どれくらいいると思う？」

カルロス・モントヨはわかっている。おかしなことに、まだメールの返事がなかったが。それからオリーの説によれば、ＣＩＡか、またはＵＦＯ《ユーフォー》やマヤ文明と宇宙人《うちゅうじん》との関連をひたかくしにするアメリカの組織か何か。

「ちょっと整理するわよ。あなたの考えでは、お父さんはメキシコへ行き、モントヨと会って、そのあと行方不明になったってこと？」

「《イシュ・コデックス》をさがしに行った。そして姿《すがた》を消した。行方不明の数日間……覚えてる？」

ぼくは、オリーが記憶《きおく》をたどるのを見守った。

「たぶん、チェトゥマルの女性は、あなたのお父さんの行き先を知っているでしょうね。もしかしたら、彼女《かのじょ》もモントヨと会ったかもしれない」

ぼくは満足してほほえんだ。

「ビンゴ。そういうこと、きみは頭がいいね」

そのあと、オリーが母さんのことを聞いた。ぼくは、精神科医と話したことを言った。その医者は、ぼくがメキシコへ行くという考えに、ほぼ賛成してくれていた。医者には、ぼくはカンクンの叔母《おば》の家に滞在《たいざい》し、空港まで迎《むか》えに来てもらえるはずだと言った。一瞬《いっしゅん》、電話番号を聞かれたらどうしようと思ったが、心配はいらなかった。ぼくは、チェトゥマルの女性に立ち向かう計画を――《イシュ・コデックス》や、もろもろのくわしいことはひと言もいわず――話した。医者は、それは大きな精神的問題を解決する道となる、と言った。ただし、母さんがいっしょに行くのはとんでもない、という意見だった。

オリーが言った。「かわいそうに、お母さまはつらい思いをしたもの。メキシコ旅行は気晴しになるだろうけど、お父さんのガールフレンドと会うのは、ストレスでしょうね」

母さんが行けないことで、ぼくは、よけいに事件解決への決意を固めた。

最後に病院に行ったとき、母さんは帰りぎわに、ぼくの腕《うで》をつかんでこう言った。

「父さんの遺灰《いはい》を持ってきてちょうだい。教会で牧師さんから遺灰にお祈《いの》りをしてもらって、わたしのところへ連れて帰ってきて」

その話をすると、オリーは顔をしかめた。

「変な感じ。お父さんを持ち歩くって」

「そう言わないでよ」

そのあとに、オリーの衝撃《しょうげき》のひと言が続いたのだ。

「わたしも行くわ」有無《うむ》を言わさず、彼女はそう宣言《せんげん》した。「どうも、あなたには精神的な支えが必要のようだから」

「何てやつなんだ!」

ぼくは不意をつかれておどろき、うれしさをかくすこともできなかった。

「本気なの？　だって、ぼくたちまだ知り合ったばかりだよ」

「確かに。でも、そんな感じしないのよね。そうじゃない？」

それを聞いて心がはずんだ。ぼくもそう感じていた。でも、オリーが同じように思っていてくれるとは知らなかった。

「親に聞かないといけないだろう？」

オリーは、片手《かたて》をひらひらさせて言った。「ああ、だいじょうぶよ。うちはいつも、旅をしろって言ってるもの。二人とも、若《わか》いころはいつも旅行してまわってたんだって。実際、ネットでわたしたちの航空券を買ってくれると思うわ」

母さんのクレジット・カードを使わなくてすむとわかり、ぼくはひそかに胸《むね》をなでおろした。

「ほんとに？　クールな、いい両親だなあ！」

「ええ、そうよ」オリーはそう答えて、興味なさそうに視線《しせん》をそらせた。その視線がタイラーの上に落ちた。「でも、危険《きけん》な旅になりそうよ」

「うん、何があってもおかしくない」ぼくも同意した。「タイラーを連れていくのはどう？　カポエイラの技は、敵を震《ふる》えあがらせるよ」

オリーが眉《まゆ》を上げた。「震えあがらせるね。そうね、タイラーも誘《さそ》いましょうか」

「そうしよう」

こうして、オリーのとても実務的なコメントとともに、夏の地平線が幕《まく》を開けた。ぼくら三人はメキシコへ出発した。父さんの殺人事件の謎《なぞ》を解くために。それからチェトゥマルの女性がだれなのかを確かめ、さらには《イシュ・コデックス》をさがし出すために。この二人がいっしょなら、どんなことでもできるような気がした。

【ブログ】ドルフィン・ホテルにて

何としても母さんを引っ張ってくるべきだったよ。

ここは、すごくいいところだ。イギリスの夏より、絶対いい。晴ればれとした、ぬけるような青空。そしてこの暑さ！　プールで遊んで、すっかりのんびりしてしまいそうだ。

でも……やらなきゃならないことがある。

チェトゥマルのホテル・デルフィン――ドルフィン・ホテル――は、海辺の小さな町の、こぎれいな白いホテルだ。海岸は整備された砂地《すなじ》。とくに家に宛《あ》てて書くようなものはないけど、気分転換《てんかん》にはもってこいだし、もっと奥《おく》に入って、超《ちょう》有名なマヤの大遺跡《だいいせき》チチェン・イツァ（メキシコ東部のユカタン半島にある古代マヤの都市遺跡）に行こうという人が立ち寄るには、ちょうどよい地点だ。

ぼくらは、メキシコシティで飛行機を乗りつぎ、チェトゥマルに降《お》り立った。ぼくにとって、両親ぬきで飛行機に乗るのは二回目だった。最初は十歳《さい》のとき、ほかの小さい子たちといっしょで、スチュワーデスがずっと付き添《そ》ってくれた。今回は十六歳のオリーがいるから、問題なく自分たちだけで旅行できた。

それでも、チーム・リーダーはぼくだ。第一に、スペイン語が話せるのはぼくだけだから。オリーとタイラーにメキシコシティ空港を案内するのは、楽しかった。ぼくは小さいころから、ほぼ毎年ここへ来ている。チェトゥマルへの国内線に乗る前に、わすれずにシナボンを買った。クリームチーズと砂糖《さとう》がかかったふわふわの温《あたた》かいシナボン。こんなにおいしいパンは食べたことがないと、オリーもタイラーも認《みと》めた。

ホテルは、海岸からざっと百メートルぐらい離《はな》れた幹線道路ぞいにある。大理石の床《ゆか》のこじんまりしたロビーは、フロントのほかには、待合客のための籐椅子《とういす》セットがひとつあるだけだ。天《てん》井《じょう》の扇風機《せんぷうき》が、暑い空気をむなしくかきまわしている。

到着《とうちゃく》したとき、フロントは無人で、ベルを鳴らさなくてはならなかった。ロビーのわきの、うっかり見落としそうなほどせまい部屋が〝インターネット・カフェ〟で、ぼくは今そこにいる。フロントのとなり、ちょっとくぼんだ一角に氷と飲み物の販売《はんばい》機があって、フレスカとデラウエア・パンチが買える。グレープ・ソーダ……これはうまい！

チェック・インのとき、パコという名札をつけた係員が、ぼくのパスポートを見て言った。

「失礼ですが、アンドレス・ガルシア教授のご家族ですか？　やはりオックスフォードから？」

大きな町じゃないから、あんまり選択《せんたく》の幅《はば》はないのだけど、父さんが泊《と》まったホテルをたまたま選んだらしい。パコはこのぐうぜんに顔を上気させたが、ぼくはそれほどめずらしいとも思わなかった。

ホテル・デルフィンの滞在《たいざい》客にはメキシコ人があまりいなくて、ほとんどは、熱帯雨林で大木に抱《だ》きつきたいエコ・ツーリストか、マヤ遺跡《いせき》をたずねる観光客だった。

ホテル内は、少しおしゃれな雰囲気《ふんいき》づくりに力を入れていて、プールを囲む中庭にはジャズ音楽が流れ、青い水にクチナシの花びらが浮《う》かべてある。

父さんがここを選んだ理由がわかった。

12

ホテル・デルフィンのしゃれた雰囲気《ふんいき》づくりには、オリーも気づいたようだ。中庭に出たとき、オリーはうれしそうな笑顔であたりを見まわし、満足げにつぶやいた。

「スタン・ゲッツ（一九二七〜一九九一年。アメリカのジャズ・サックス奏者《そうしゃ》）だわ。いいじゃない」

部屋にもどって、タイラーとぼくは水着に着がえた。ぼくは腰《こし》を落ち着けて、現地警察《けいさつ》の殺人事件を担当《たんとう》するロハス刑事《けいじ》に電話をかけようと思った。

オックスフォードを発《た》つ前に、チェトゥマルの警察署《しょ》とようやく電話が通じ、例の女性の名前と住所を教えてほしいと言うことができた。ところが、そういった情報は電話では教えられないとのことだった。「チェトゥマルに着きしだい、ロハス刑事に連絡《れんらく》してください。刑事がホテルへ出向いて、あなたを彼女《かのじょ》のところにお連れします。どちらにとっても、それがいちばん安全な方法だと思います」。

ぼくは、イギリスから携帯《けいたい》電話を持ってきていた。だが、メキシコ国内の通話に使うと、とんでもない料金になる。それで、公衆《こうしゅう》電話からかけるためにロビーへ出ようとして、タイラーに止められた。

タイラーは、ぼくをにらんで言った。「おい、あとにしたらどうなんだ？　少し息ぬきが必要だよ。遊びを先にしようぜ」

ぼくはためらった。確かにそうだ。時間も遅《おそ》いし、ロハス刑事はもう家に帰ったかもしれない。電話は明日にしよう。

それでぼくらは、遅い午後の太陽を浴びにプールに向かった。数分して、オリーも部屋から出てきた。ビキニに合ったピンクのサロンを巻《ま》いて。オリーは、タイラーに寄りそって立つと、グレープフルーツ・フレスカの入ったグラスに氷をいくつか落とした。

ぼくがプールに飛びこむと、タイラーがぼくをめがけて飛びこんできた。ここ数日の緊張《きんちょう》をほぐせるのがうれしくて、水の中で取っ組み合いをした。オリーは優雅《ゆうが》にプールに身をしずめ、物憂《ものう》げにぼくらを見ている。

「二人でカポエイラでもやったら？」

ぼくらは、つかみ合った手を止めた。タイラーが期待してぼくを見る。

「そうする？　そっちがよければ、やるけど」

「それとも……」と、ぼく。「チーズバーガーとポテトフライ、それからチョコレート・ファッジ・サンデーを注文して、プールサイドで食べるってのは？」

タイラーは喜びの声をあげた。「おい、それがいいぞ。ぐずぐずするな、早くたのめよ！」

「やだ、チーズバーガーなんて」オリーは鼻にしわを寄せ、気取って言った。「わたしはピニャ・コラーダ（ココナツ果汁《かじゅう》、パイナップル果汁、ラムをまぜた酒）だけでいいわ」

三人とも、とてもくつろいだ気分だった。ぼくがバーに注文を伝えに行き、それからぶらぶらもどってくると、タイラーがこちらに背《せ》を向けている。ぼくは、彼《かれ》をプールに突《つ》き落とすという誘惑《ゆうわく》に勝てなかった。タイラーは、プールにつんのめって落ち、派手《はで》な水しぶきをあげた。オリーもびしょぬれになったが、気にするどころか大笑いした。一瞬《いっしゅん》、ただこうして、海岸で遊んで景色《けしき》をながめるだけならよかったのに、と思った。なぜ今まで、友達をメキシコに連れてくることを思いつかなかったんだろう？　どんなにか楽しかったろうに。

そのとき、こまったような顔のポーターがロビーから身を乗り出して、ぼくらの楽しみに水を差した。ポーターはスペイン語でこうさけんでいる。

「イギリスからおこしのジョシュ・ガルシア様に、お客様がみえてます」

ぼくはプールから上がった。どうしてか、ロハス刑事《けいじ》が来てくれたんだと思った。だが、中庭に入ってきた女性を見てぴんときた。チェトゥマルの女性だ。

白のギャップの細身のローライズ・ジーンズに、きらきらしたベルト。ストラップのついたライムグリーンのブラウスが、日焼けしたスリムな体によく似合っている。ヒールの高い金色のサンダルで、すたすた歩いてくる。濃《こ》い栗《くり》色の長い髪《かみ》はつややかで、まるで女優《じょゆう》のようだった。

その女性は、ぼくの目の前で立ち止まると、大きなサングラスをはずした。

「ジョシュ・ガルシアね？」

スペイン語だ。

「すぐわかったわ！　アンドレスと同じホテルだなんてね。さあ、いらっしゃい、キスしてくれるでしょ？」

ぼくは、ただ立ちつくしていた。全身から水をしたたらせ、タイラーとオリーに目配せしながら。

ぼくは、何週間も考えていた言葉を、スペイン語で言った。

「あなたが、ぼくの両親の生活をこわした人ですね」

思いもよらない答えが返ってきた。

「警察《けいさつ》のくだらない言い草を真《ま》に受けないでよ」彼女はおこった。「もっと頭の切れる子だと思ってたわ。父さんのこと、わかってるでしょう？」

「父さん……って？」

「そうよ、おりこうさん。わたしの父さんでもあるの。あなたにも、あなたのお母さんにも言ってなかったからって、それが何？　父さんが十代のときのことよ。それほどのワルってわけじゃないわよ」

「あなたの父さんでもある？　それじゃあ、ぼくのお姉さんってこと？」

彼女《かのじょ》がにやりと笑った。

「やっとわかったようね。そうよ、わたしの弟くん。さあ、キスしてもいいでしょ？」

彼女は一歩近寄って、ぼくのほっぺたにキスをした。

「ごめん、口紅《くちべに》がついたわ」

親指で頬《ほお》をぬぐわれて、ぼくはどうすることもできず、固まったままだった。

彼女がじっとぼくの顔を見つめ、ぼくらは何秒かの間、たがいに見つめ合った。そうするうちに、彼女の話が納得《なっとく》できた。疑《うたが》う余地はない――父さんと同じ目が、ぼくを見返している。

ぼくに姉さんがいた。

まったく心構えができていなかった。こんなことになるとは、ほんの少しも考えていなかった。ぼくはショックで口がきけず、ただ彼女を見つめるばかりだった。

「感じるでしょ？」悲しげな笑顔を見せて、彼女が聞いた。「鏡みたいな感じじゃない？　感情の鏡。感覚の鏡。自分が二つに分かれたみたいな感じ。初めてアンドレスに会ったとき、わたしもそう感じたわ」

彼女が何を言おうとしているのか、少しずつわかってきた。彼女の顔の上に自分自身の面影《おもかげ》があり、父さんの面影がある。彼女がぼくにふれると、なつかしい感じがする。

「かわいい！」そうつぶやきながら、彼女は自分の顔に手をやり、鼻のわきをさわった。「この辺からあごの線が、アンドレスだわ」

「そっちは父さんと同じ目だ」ぼくも認《みと》めた。

「そうよ。そのとおり」彼女が笑った。

「母さんは、父さんはハンサムだからって」ぼくは言った。「それで、メキシコにガールフレンドがいる話を本気にしたんだ」

彼女は鼻にしわを寄せた。「そうなの？　信じられないわ。でも、村の人がそう思ったのはわかる。みんなスキャンダルが大好きだからね。わたし、だれにも父親だって言ってなかったから、そんな話にとびついたのね。よく考えればわかりそうなものなのに」

もちろん、そうだ。しかし、彼女の言い方は非難《ひなん》めいていた。母さんが悪く言われるのは気に入らない。

「でも、そう思われても当然じゃない？　だれにも秘密《ひみつ》にして、年上の、結婚《けっこん》してる男の人と会ってたらさ……」

「待ってよ、秘密《ひみつ》にしたのは父さんの考えだわよ」彼女《かのじょ》は気を悪くしたようだった。「時期が来たらあなたたちに知らせるって、いつも言ってたわ」

ぼくは顔をしかめた。彼女はそれに気づいて、ぼくの腕《うで》にふれた。

「ねえ、聞いて。父さんの頭には考古学しかなかったわ。あとは、あなたとエレノアのこと」

「ほんと？」

「そうよ。いつも、あなたたちのことばかり話してたわ。それから今後の計画。わたしのことを、どうやってあなたたちに言うかって。オックスフォードへ行って二人に会ったら、どんなに仲よくなれるだろうって。あなたがいつもお姉さんをほしがってるって」

「ぼくがほしいのは、お兄さんだよ」

「あら、運が悪かったわね。わたしでがまんしなさいよ」

そのころには、オリーとタイラーもプールから上がってきていた。二人はとまどっているようだった。彼女も、初めて二人に気がついた。

「お友達に紹介《しょうかい》してちょうだい」

今度は完全にアメリカ風の英語だった。

「自己《じこ》紹介してもらったほうがいいんじゃないですか？」と、オリーが言った。「ジョシュも、あなたのことをほとんど知らないんでしょう？」

「二人はスペイン語がわからないから、あとからぼくが英語に直すよ」ぼくは姉に伝えた。

「わたしはカミラ・パストール。アンドレス・ガルシアの娘《むすめ》です」

「つまり、ぼくの姉ってわけ」

「作り話かもよ？」オリーが言った。その口調に、明らかに反感がこもっている。

カミラは、肩《かた》をちょっとすくめると、オリーに向き直って上から下までじっくり見た。オリーのほうが身長があって美人だが、カミラのほうがはるかに堂々としている。

「本当の話よ、おじょうさん」

「ジョシュは信じるの？」

ぼくは、そのひと言におどろいた。疑《うたが》うなんて、思いもしなかった。姉妹、いとこ、家族……自分と同じ血すじの女性にふれたときの独特の感覚は、説明しようがない。カミラにはそれを感じる。それははっきりしていた。

カミラは、オリーに笑顔を見せた。「おじょうさん、そうやって一生懸命《けんめい》わたしの弟を守ってくれるのはうれしいわ。でも、弟はわたしの言うことを信じてくれた。姉弟《きょうだい》だってこと、おたがいに実感してるわ。あなたに理解してもらおうとは思わないけど。でも、たまたまここに証拠《しょうこ》がある」

タイラーが口をはさんだ。「証拠って?」

「マヤの文書——カラクムル書簡《しょかん》よ。きっと、残りの半分はジョシュが持ってる。そうでしょ?あなたが持ってるのは、最初の半分。わたしが持ってるのは、後半の部分」

オリーはカミラを見つめていたが、突然《とつぜん》、そのくちびるにほほえみが浮《う》かんだ。おどろきに、うれしさがまじった。

「あなたが、カラクムル書簡のもう半分を持っているの?」

タイラーがまた口をはさんだ。「だからって、ジョシュの姉さんだという証明にはならないぞ。お父さんから盗《ぬす》んだかもしれないだろ」

「確かにそうね、相棒《あいぼう》。ただし、もう一通の手紙もあるのよ。わたし宛《あ》てに『この文書を処分《しょぶん》してくれ』って内容の手紙がね」

「あなたが、カラクムル書簡のもう半分を持っているの?」ぼくも同じことを言った。「ぼくは最初の半分を持ってるんだ。それじゃあ、全文を解読できるね。それじゃあ、《イシュ・コデックス》も見つけられるね」

少し言いすぎだったかもしれない。それでも、ひかえめに言ったつもりだった。

ぼくは、心の底からおどろいていた。チェトゥマルに到着《とうちゃく》して二時間もたたないというのに、三つの謎《なぞ》のうちの二つが解決したなんて……。勝利のよろこびを感じる。この旅行は大成功になりそうだ。カミラが手伝ってくれれば、《イシュ・コデックス》さがしもあと数歩というところだろうし、だれが父さんを殺したかという謎が解けるのも、もうすぐだ。

【ブログ】姉さんがいたなんて！

チェトゥマルの女性と会った話。

彼女《かのじょ》は、ぼくの異母《いぼ》姉妹だってことがわかった。浮気《うわき》の線は消えた。父さんは、それまで父と思っていた人が実の父親ではないと知ったとき、罪悪感を感じたらしい。親子で同じ罪を犯していたとわかったからだ。父さんにも、若《わか》いころの秘密《ひみつ》があったのだ。

アラセリという名前の少女がいた。父さんが育った家のメイドの娘《むすめ》だった。二人は小さいころからの幼《おさな》なじみで、思春期の洗濯《せんたく》室でのデートが自然にエスカレートした。

二人が十五歳《さい》のとき、アラセリが妊娠《にんしん》すると、彼女と父さんの前に、メキシコ中流階級の掟《おきて》が立ちはだかった。父さんはフランシスコ会の寄宿学校に送られ、彼女は故郷《こきょう》の村へ帰された。話し合いも争いもとくになかった。二人の間にどんな感情があったとしても、無視《むし》された。しかも妊娠中絶などは、考えられないことだった。

生まれた子どものカミラは、アラセリの家族に育てられることとなった。だが、カミラが学校へ行く年齢《ねんれい》になったとき、父さんの家族が態度を変えた。一族に、婚外子《こんがいし》の恥《はじ》を持ちこむわけにはいかない。ことに、歴史が繰《く》り返されてもいる。だが、血のつながった者に、貧困《ひんこん》と無教育の生活を押《お》しつけることもできない。それで、お金を送ることになった。教育費、衣服代、ピアノのレッスン代などにじゅうぶんな金額を、毎月きちんと送った。

そのお金で、彼女《かのじょ》は、上流階級子女が通う修道会の学校に通った。家がまずしいのは自分だけだったので、カミラにはつらい経験だった。決してめぐまれた環境《かんきょう》とは言えなかったが、カミラは落ちこんだりしなかった。

彼女は、金持ちの学生をぬいてアメリカの大学の奨学金《しょうがくきん》を勝ち取り、大学で観光事業を勉強してカンクンにもどった。やがて、不動産会社に就職《しゅうしょく》し、そこでサウルに出会った。そのサウルが、父さんを殺した容疑者《ようぎしゃ》として、チェトゥマルの留置場に捕《と》らえられている人物というわけだ。

13

カミラは、ぼくらを車で自分の家へ連れていくと言い張った。

「わたしたちがいっしょにいるところを、見られたくないのよ」海岸ぞいの道を運転しながら、カミラが言った。「ロハス刑事《けいじ》は、自分がお膳立《ぜんだ》てする前にわたしたちが会うのをいやがるでしょう」

ぼくでさえ、それは考えすぎだという気がした。だが、カミラは頑固《がんこ》に言い張って、文字どおり、ぼくらをホテルから引きずり出したのだ。

「わたしがこの町で顔を知られてるっていうだけじゃないの」カミラはそう説明した。「父さんがいつも泊《と》まっていたホテルをあなたが選んだこともある。わたし、ロビーに人がいなくなるまで待ってから入ったのよ。警察《けいさつ》が情報をもらさないとはかぎらないもの。ジョシュ、あなたを見つけ出そうとするやつらは、どこをさがせばいいかわかってるのよ。だから、ホテルから出たほうがいいの」

カミラの家《アシエンダ》はすばらしかった。インテリアの趣味《しゅみ》もいい。旦那《だんな》のサウルはきっと、かなりクールな男なのだろう。さりげなく置かれたステレオ・セットから、かすかに「イースト・オブ・ザ・サン」（ブルックス・ボウマン作詞・作曲のジャズの名曲）が聞こえる。

アイス・ティーを飲み、チーズとトマトの焼きサンドを食べながら、カミラは子ども時代の話をすべて聞かせてくれた。ぼくらは、バナナの葉かげの気持ちのよい庭で、ハイビスカスとアラマンダ（熱帯アメリカ産のキョウチクトウ。和名アリアケカズラ）の花に囲まれ、すわって海を見ながら聞いた。

「父さんがホテル・デルフィンをいつも使っていたとは、知らなかったんだよ。インターネットで見て、よさそうだったから決めただけで」と、ぼくは言った。

「あそこのオーナーが、カンクンにジャズ・バーを持ってるのよ。ドルフィン・バー。アンドレスはそこが大好きだった。知らなかった？」

ぼくは何も答えず、ただカミラの声を聞いていた。いることも知らなかった家族の一員と出会うなんて、めったにあることじゃない。正直言って、どういう態度をとればいいかわからなかった。午後の時間が過ぎゆき、カミラが語る彼女《かのじょ》と父さんの話を聞いているうちに、ぼくの中に新しい感情が芽生え始めた——嫉妬《しっと》だ。

父さんは、ぼくよりもずっとカミラのことが好きだったように思える。

カミラの話が父さんの行方不明と殺人事件のくだりにさしかかったのは、太陽がぼくらの背後《はいご》の山々にしずむころだった。オリーとタイラーとぼくは、緊張《きんちょう》した。実際に何が起こったのか知りたかった。サウルは、カミラがアンドレスの娘《むすめ》だと知っていたの？　知っていたら、サウルが父さんを殺す動機がない。義理の父親を殺すわけがないよね？　警察《けいさつ》が信じなくても、カミラが証明すればすむことじゃない？　どうして無実のサウルを逮捕《たいほ》する必要があるの？　なぜ真犯人をさがさないの？

カミラがため息をついた。いらいらしている。そういう質問にはうんざりしているのだろう。

「そうむずかしいことでもないわ。まず、ここの警察は、ほとんど買収《ばいしゅう》されてるってことを理解してもらわないと。地元のナルコ――麻薬密売《まやくみつばい》組織――が、便宜《べんぎ》をはかってもらいたくて付けとどけをするのは当たり前。わたしには警察署《しょ》で働いてる友達がいて、彼女が情報をくれたのよ」

カミラの話はこうだった。サウルは、ナルコに加わらなかったために、報復として殺人の罪を着せられた。地元のナルコから、サウルのアボカド農園はアボカド畑ばかりでマリファナ畑がない、と言ってきた。組織側からのいわゆる〝有利なビジネスの提案〟を、サウルは拒絶《きょぜつ》した。面《めん》倒《どう》なことになると思っていたら、案《あん》の定《じょう》だった。

アンドレスがカミラの父親だと、もちろんサウルは知っている。警察《けいさつ》だって知っている。サウルが嫉妬《しっと》深い夫として逮捕《たいほ》されたとき、カミラとサウルは必死に抗議《こうぎ》した。

「でも、オリーがさっきするどい指摘《してき》をしてくれたように」カミラは言った。「親子だと証明することができなかったの。アンドレスはこの手紙を一通くれただけだから」

カミラは、その手紙をぼくに手わたした。

愛する娘へ

この手紙をおまえが読むときには、事態は少々手遅《ておく》れになっていることだろう。失った時を埋《う》め合わせることができたらと、どれだけ願うことか。おまえと出会えたときから、今まで味わったことがないほどやさしい気持ちになれた。娘《むすめ》を思う父親の一生分の愛が、この短い期間に凝縮《ぎょうしゅく》されたのではないかと思う。同時に、取り返しのつかない時間への後悔《こうかい》と、おまえの存在《そんざい》をエレノアとジョシュにかくし続けることの申しわけなさを感じている。それは、わたしには耐《た》えがたいほどつらい。

言葉で表現できるものなら、おまえにこの気持ちを伝えたい。わたしはずっと、おまえと共にあった。おまえはわたしのことを知らなかったとしても、わたしはおまえのことをわすれたことがない。心の中では、毎日おまえと共にいたのだ。

もうひとつ伝えておきたいことがある。一族が長い間かかえてきた問題とも言えることだ。失われたマヤの古写本——聖《せい》なるイシュの書物——の探索《たんさく》だ。これには危険《きけん》がともなう可能性がある。こう書き記しながらも信じたくない気持ちでいっぱいだが、最近、実際に不審《ふしん》なことが起きている。警告《けいこく》もあり、常に警戒《けいかい》している。

そのようなわけで、危険でもあり、また非常に価値《かち》を持つものをおまえにゆだねたい。わたしの実の父——子どものころから夢にあらわれ、死んでゆく姿《すがた》をわたしに見せてきた人物——から母の手元に、このわたしのほかに唯一《ゆいいつ》残されたものだ。この「カラクムル書簡《しょかん》」と呼《よ》ぶマヤ文書にしたがい、わたしは、その存在が自分でも信じられないあるものをさがして、危険をかえりみず、マヤの歴史の奥《おく》深くに踏《ふ》みこむことになった。

もしもわたしがもどらない場合は、探索はその場で終わる。今回の旅について、おまえに何も知らせない理由はここにある。それをさがすために、すでに何人もの人間が命を落としている。もしわたしが失敗したら、家族のだれにも危険をおかしてほしくない。

だからカミラ、お願いだ。カラクムル書簡を廃棄《はいき》してほしい。解読しようなどと決して思わないこと。それをしてはならない。残りの半分は別の者に託《たく》した。同じ説明をつけて、信頼《しんらい》できる者のもとに。

廃棄《はいき》してくれ。燃やしてほしい。このことは他言《たごん》無用。死ぬまで秘密《ひみつ》にすること。

おまえを愛し、心から娘《むすめ》を大切に思う父のために。

愛する父、アンドレスより

カミラへの思いが、どの行にもあふれている。ぼくたちのことは？　ほんのひと言しかない。愛する娘。愛する父より――。真実を求めて海をこえたものの、ぼくは真実を知りたいかどうかが、わからなくなった。

カミラがぼくを見ている。期待に目を見開いて。「まさか、廃棄《はいき》してないでしょうね？」

「いや」努めてさりげなく答えたが、嫌味《いやみ》にならないように言うのはむずかしかった。「信頼《しんらい》できるって言ったって、この程度さ。なんで父さんは、自分でその〝クソ〟カラクムル書簡《しょかん》を廃棄処分《しょぶん》しなかったんだろう？」

カミラが言った。「たぶん、生きて帰るつもりだったからでしょうね。この文書は、かなり重要なものなんでしょう。古代の文書って……そう簡単《かんたん》に廃棄できるようなものではないわ」

「そうだけど、危険《きけん》があるってことでしょ？」

「だから、廃棄しろって書いたのは、わたしたちを危険から守るためにだと思う」そう言って笑顔を向けた。「でも、自分の子どものことがわかってないわね。二人とも、父親と同じぐらい好奇心《こうきしん》が強いってこと」

「ああ、そうだね」

「この手紙を警察《けいさつ》に見せられない理由がわかるでしょ？」カミラが言った。「少なくとも、父さんがさがしていたものを見つけるまではね。やつらのねらいも同じでしょ。何もかもがそこにつながってると思う」

「父さんを殺した犯人は、その秘密《ひみつ》をねらったんだな」

「その秘密が憎《にく》いわ」カミラが言った。

オリーが、錬鉄《れんてつ》のガーデン・テーブルに身を乗り出すようにしてタイラーと自分にアイス・ティーをもう一杯《ぱい》つぎながら、聞いた。「その文書、解読しました？」

「ええ」カミラは答え、そのあとスペイン語に切りかえた。「この二人は信用していいの？」

「もちろん！　ぼくが持ってる文書の解読を手伝ってくれたんだから」

カミラはしばらく考えていたが、小さく肩《かた》をすくめると、家に入っていった。すぐに、小さな色塗《ぬ》りの箱を持って出てきた。そして箱を開けて、樹皮紙《じゅひし》を取り出した。

その文書は、左側が破れていた。ぼくはおしりのポケットに手をやって、自分の文書を取り出した。テーブルの上のカミラの文書のとなりに、ならべて広げる。二枚《まい》はぴったり合った。

カミラは、姉らしい愛情と誇《ほこ》らしさがまざったような微笑《びしょう》をぼくに向けた。

「これが、カラクムル書簡よ。カラクムルの王に宛《あ》てた書簡だという確証を得るまで、どんなふうに調べたか、父さんが話してくれた。でも、わたしの持っている文書には、カラクムルに関することが書いてないのよ」

「カラクムルの支配者、ユクヌーム・チェンに宛《あ》てた書簡《しょかん》よ」オリーが言った。

「その臣下から」タイラーが付け足す。

父さんがカミラのほうをずっとえこ贔屓《ひいき》していたのを知って、静かな怒《いか》りがたぎった。父さんが、カミラとは書簡のことを話していたなんて。でもそれよりも、今は……自分をかしこく見せたかった。

「バカブが敗れたことを知らせる手紙だよ。チェチャン・ナーブっていう場所からバカブが来たこと。それから、イシュの書物のことも書いてある」

カミラはうなずいた。

「それだわ。聖《せい》なる書物イシュ。それでわかったわ。さあ、読んでみましょう」

ぼくらは読んだ。はじめにぼくらが解読した書簡を読み、次にカミラが自分の分を読んだ。

カンクエンのキニク・カン・アフクよりカラクムルの王ユクヌーム・チェンへ書簡を送る
我《われ》は王の臣下なり
チェチャン・ナーブより彼《かれ》は出《いで》り、十字の偉大《いだい》なる神殿《しんでん》より

バカブは敗れり
イシュの聖なる書物は世の終焉《しゅうえん》を語り
イツアムナの神聖《しんせい》なる書に記す13.0.0.0.0
それは起こる……
暗黒の道が天空の芯《しん》を開き
破壊《はかい》されるであろう
世界の癒《いや》し手は生まれ
月の中を歩み
聖なるエク・ナーブの街で待つ
静かに待ち続ける

ぼくは、呆気《あっけ》にとられたように文書を見つめていた。これが、父さんからモントヨ博士、それからピーボディー博物館の人物に宛てたメールの鍵《かぎ》なのか。

もうひとつの都市の名前がここにあった。だれ一人として聞いたことのない都市、どこにも存《そん》在《ざい》しない都市、エク・ナーブ。

14

「聖なるエク・ナーブの街」ぼくは象形文字を指さした。「父さんは、マヤ学者へのEメールで、この都市のことを問い合わせていた。だれも聞いたことがないんだって」

「それは起こる……」オリーがつぶやいた。「とちゅうで切れてた文章をつなぐと、『暗黒の道が天空の芯《しん》を開き、破壊《はかい》されるであろう』ってなるのね」

カミラが持っていたカラクムル書簡《しょかん》は、ぼくの分よりわかりにくかった。

「マヤ神話と関連してるのよ。一見、意味不明だけど、今のわたしたちにも関係ある内容だと思うわ。わたし、何日もかけてこの意味を調べたの。知りたい？」

一同うなずいた。

カミラが説明した。「『暗黒の道』――シバルバ・ビー――というのは、マヤでは地獄《じごく》への道というようなことを意味するの。でも、もうひとつほかの意味もあるわ」

カミラは、じっとこちらを見て、ぼくらが集中して聞いているのを確かめてから続けた。「天文学よ。古代マヤ文明では天文学が高度に発達していたわ」

カミラは、いわくありげに語った。「ただし、なぜ、彼《かれ》らがそれほど天文学に興味を持ち、天体の運行や何かにくわしかったのか、その理由はまだ解明されていない。マヤ人は、空にシバルバ・ビーが見えると信じていた。現代の天文学者が、銀河——天の川——の中にある暗黒帯と呼《よ》んでいるものよ」

ぼくは感心した。ぼくらより調べが深い。

「『天空の芯』は？」

「それはね」カミラは考え考え答えた。「マヤの創造《そうぞう》神話によると、世界は〝天空の芯〟と〝羽根のあるヘビ〟によってつくられた。これには天文学的な意味があると考えている学者もいるわ。〝天空の芯〟はポラリス——北極星——を意味する言葉だとね」

天文学用語二つの組み合せだ。

「それじゃあ、天文学上の出来事を言ってるのかしら？　暗黒帯と北極星が重なるとか」オリーが言った。

「カラクムル書簡では『破壊《はかい》されるであろう』って書いてあるわ。何か大異変《だいいへん》のようなことの予言に見えない？」カミラが言った。体に衝撃《しょうげき》が走る。腕《うで》に鳥肌《とりはだ》が立つ。「二〇一二年に世界が終わるという予言が、本当だとしたら？」

カミラは重々しく続けた。「13バクトゥン――二〇一二年十二月二十二日が、マヤの長期暦《れき》の最後の日付。最近になって、そのころに銀河がとくべつの配列になることが指摘《してき》されてるわ。もしかしたら《イシュ・コデックス》には、その日に何が起こるかが書かれているのかもしれない。何かの集団の意識操作《そうさ》でも、オカルト・マニアの好きそうなことでもなく、本当に世界の終末だったら？『破壊《はかい》されるであろう』って、何が破壊されると思う？　全世界？」

「そうはならないよ」ぼくは指摘した。「カラクムル書簡《しょかん》にあるだろ？『世界の癒《いや》し手』って」

「そう、そこがまた興味をひかれるところ」カミラは考え深そうに言った。

「どういうこと？」

「そうね、その大異変を止めるとか、人々を守るとか、何かそういうものじゃないかしら？」

「それって、魔力《まりょく》みたいなもの？」

タイラーが、賛成できないというように、ちぇっという音を立てた。「おいおい、どうした？　おかしいんじゃないか！」

カミラがタイラーをきつい目で見る。

「みたいなもの……だってば」ぼくは、ごまかした。

「『月の中を歩み』、これはどういう意味？」オリーのつぶやきは、痛《いた》いところをついたようだ。

「あのねえ」カミラが認《みと》めた。「わたしだって、何から何まで知ってるわけじゃないわ。そうでしょ。わたしの解読は見当ちがいかもしれない。でも、これだけはわかるわ。アンドレスは、《イシュ・コデックス》が本当にどこかにあって、それは世界の終末についてのマヤの予言を伝える書物だと確信していた。カラクムル書簡は、《イシュ・コデックス》に関するヒントでしかないわ」

「それはわかったけど」タイラーの口調は、おこったようにも、ばかにしたようにもとれるものだった。「そのマヤの予言ってのは……マジなの？」

「そう信じている人が確かにいるわ。《イシュ・コデックス》を手に入れるためには殺人を犯すだけの価値《かち》がある、と信じるやつらがね。アンドレスの命を奪《うば》い、わたしの夫サウルに無実の罪を着せる力を持つ、だれか」

「カルロス・モントヨ」ぼくが、ため息とともに言った。

カミラはおどろいたようだった。モントヨを疑《うたが》ってはいないらしい。

「だれ？　ユカタン大学の考古学の先生？」

「父さんは、その人と会う予定だったんだ。その人は《イシュ・コデックス》のことを知っていて、父さんに警告《けいこく》してた」

「アンドレスはその人と会ってたわ。グァテマラで」カミラが肩《かた》をすくめて言った。「疑《うたが》っているようには見えなかった。実際、何か重要な情報をくれたらしいわ。父さんが新しい碑銘《ひめい》を発見した、ここから遠くない小さな遺跡《いせき》のことでね」

「新しい碑銘？」ぼくが聞いた。「都市の名前を発見したの？」

「そうなのよ。すごく興奮《こうふん》してたわ」

「モントヨの協力のおかげってこと？」

「ええ。そういうこと」

「モントヨじゃないなら……」ぼくは考えこんだ。「それじゃあ、ＣＩＡの線は？」

カミラは妙《みょう》な目つきで言った。「なんでそんなこと思ったの？」

「オリーの考えさ」と、ぼくは答えた。

「他人のＥメールを調べたり、インターネットの検索履歴《けんさくりれき》をチェックしたりできるのは、ＣＩＡだもの」オリーが、いばって言った。「窃盗《せっとう》をやらせることもできる。マヤ人と宇宙《うちゅう》との交流に関心を持っている。地球外生命体に関する極秘《ごくひ》情報だって持っているかもしれないわ」

カミラが、とまどい顔ですわり直した。「確かに、父さんの死には、はじめから不審《ふしん》な点があったわ」

「UFO《ユーフォー》関係？」

ぼくの問いに、カミラはこまったような微笑《びしょう》を見せて、「実を言うと、不思議なのよ。でも友達が、例の警察《けいさつ》で働いてる人よ、彼女《かのじょ》が一枚《まい》の写真を見せてくれたの。事故機の残骸《ざんがい》の中から、操縦装置《そうじゅうそうち》に取りつけられていた何かが発見されたそうよ。小さな機械。友達は、そんなもの見たことがないって言ってた。米国人《グリンゴ》が何人かやってきたことも言ってたわ。バッジを持った人たちよ。CIAかFBIかそんなようなものらしいけど、彼女は実際には確認《かくにん》していないって。その人たちが、その小さな機械を持っていってしまったそうよ。それ以後、警察ではだれもそのことにふれないって。事故現場から持って帰った物品のリストにも、載《の》っていないんですって」

「操縦装置に取りつけられた機械……」ぼくはつぶやいた。「それで父さんの飛行機を墜落《ついらく》させたとなると？」

カミラが、ぼくの言いたいことを続けた。「リモコンかもね。パイロットが飛行機から飛びおりずにすむには、死体だけを飛行機に乗せて飛ばせばいいのよ。そして墜落させる。そうすれば、完璧《かんぺき》な事故死に見せかけられるわ。計画どおりにうまくいけば、だれかを殺人犯に仕立てあげなくてもよかったのよ。だから、あとから思いついたのね。首を絞《し》められた頭部が発見されてしまったから、ばかげた話をでっちあげて、無実のサウルを犯人にしたんだわ」

さらにカミラが続けた。「きっと、そのアメリカの捜査官《そうさかん》がアンドレスを殺したのよ。わかりきったことだわ。そしてその原因は、マヤ時代の古写本」

カミラは椅子《いす》の背《せ》に寄りかかって、お茶をすすった。それから、ぼくが持ってきたカラクムル書簡《しょかん》の半分を取り上げてしばらくながめていたが、やがて急に体を起こした。

「あら、やだ！　なんで、すぐこれに気づかなかったのかしら！」

ぼくらは何事かと、カミラを見た。

カミラの顔には、おどろきを通りこして不安の影《かげ》があった。

「やつら……だれだかわからないけど、やつらが知っているはずがないことよ。アンドレスがわたしにだけ言ったこと。アンドレスの失踪《しっそう》直前の行き先が、ここにあるわ」

【ブログ】ベカン＝チェチャン・ナーブ

実の姉、カミラ・パストールと初めて会ったとき、知りたいことだらけだった。

父さんから初めて連絡《れんらく》があったのは、いつ？　いったいどうやって居場所がわかったの？　父さんと二人でどんなことをした？　いっしょにどこかへ行った？　父さんと会ったのは何回ぐらい？　父さんはなぜ、そんなに長い間会わなかったんだろう？　どうして、ぼくと母さんに言わなかったの？

――何よりも、最後のことがいちばん問題だった。

それなのに、父さんがカミラに託《たく》した手紙とマヤの書簡の半分を見た瞬間《しゅんかん》から、ぼくらの頭は、マヤの古写本にまつわる謎《なぞ》でいっぱいになってしまった。

ぼくとカミラが二人とも父さんの死の原因究明にとりつかれるなんて、とても不思議な気がする。でも、カミラによると、全然不思議なことじゃないそうだ。

その話になったとき、カミラは何でもないように言った。「当たり前だわ。わたし、心のメッセージを毎日あなたに送っていたもの。書簡を解読しますように、好奇心《こうきしん》が目覚めますように、ここへ来ますようにって」

「だって、ぼくが書簡の半分を持ってるって、知らなかったじゃない」

「だれかが持ってることはわかっていたもの。そのだれかに向かってテレパシーを送ってたのよ」カミラは笑って、証拠《しょうこ》をあげた。「ちゃんと効《き》き目があったでしょ！」

文字にすると、とても変に思える。でもメキシコの人は、たいていそんな言い方をする。

カミラは、ぼくが持っていた半分のほうが重要な部分だと言った。

「アンドレスは自分でも気づかないうちに、わたしに行き先を告げていたのね。最後に会った日のことよ。何か重要なことが解明できたって、とても興奮《こうふん》してたわ。ベカン遺跡《いせき》（メキシコ東部のユカタン半島にある古代マヤの都市遺跡）の、マヤ時代の本当の名前がわかったって」

ベカン遺跡《いせき》は、チェトゥマルからほど近いところにある。ほかの遺跡と同じように、マヤ時代の都市の名前がわからなくなっていたため、現代の考古学者がつけたものだ。今では昔の名前をだれも知らない。だが、父さんがそれを発見したそうだ。それは、ぼくらも見たことのある名前だった。カラクムル書簡《しょかん》にあった、もうひとつの都市の名前。

「アンドレスは、ベカン付近のジャングルの中で、紋章《もんしょう》をあらわす象形文字のある石碑《せきひ》を発見したの。わたしに言ったわ、その都市の名前は〝水のヘビの結び目の町〟という意味だったって」

「結び目、水のヘビ……。それ、チェチャン・ナーブのことだ」と、ぼくが言った。

ぼくは思い出していた。あの泥棒《どろぼう》が手に入れようとやっきになっていたジョン・ロイド・スティーブンスの本にあった、アルカディオへの奇妙《きみょう》な書きこみ。

「ベカン遺跡の発見はいつ？」

カミラもよく知らなかった。「たぶん一九三〇年代かしら」

「じゃあ、ジョン・ロイド・スティーブンスは発見してないよね？」

「何でもかんでもスティーブンスが発見したわけじゃないわよ」

ぼくは、ゆっくり息を吐《は》いた。つまり、あの本の署名《しょめい》は偽物《にせもの》だ。スティーブンスが書いたものじゃない。あの書きこみには、スティーブンスがあの本を出版したあとに発見されたティカル遺跡のことが書いてあった。もう少しで、彼《かれ》が人知れずティカルへも行っていたと信じるところだった。でも、ベカンまたはチェチャン・ナーブが二十世紀になるまで発見されていないとしたら？　やはり……おかしいぞ。あれを書きこんだのは、だれだろう？　どこにも書かれていない都市の名を知っているとは？

そのとき、オリーが口を開いて、カラクムル書簡の言葉を引用した。

「チェチャン・ナーブより彼は出《い》で、十字の偉大《いだい》なる神殿《しんでん》より」

「そこよ」カミラが言った。

「わかるでしょ。あなたの分の書簡を見直して気がついたのは、その部分。出発した朝、父さんは信じられないくらい興奮《こうふん》してたわ。まさに大発見の瀬戸《せと》ぎわにいるみたいだった。六月の十二日よ。飛行機で飛び立っていったの。西へ向かったわ。ベカンへ。カラクムル書簡の『彼』が出たチェチャン・ナーブへ向かったんだわ。ぐうぜんとは思えない」

「でも、『彼』ってだれ？」

「わからない。キニク・カン・アフクかしら。それとも書簡に『敗れた』って書いてあるバカブかもしれない」

「父さんがベカンへ行ったのは、確かなの？」

「聞いて、ベカンはマヤの遺跡の中で唯一《ゆいいつ》、堀《ほり》に囲まれているの。ぐるりと堀が取り囲んでいる。

堀《ほり》は、水の結び目じゃない？　名前をつけた考古学者にもうすうすわかっていたのね。ベカンというのは〝ヘビの道〟の意味だもの。それにベカンには、口を開けたヘビの模様《もよう》がきざまれた石がある」

「ヘビか」タイラーが言った。

「そうよ。自分の尾《お》を口にくわえたヘビ。輪は堀だわ。まだある。あなたが持ってきた書簡《しょかん》にこうあるわ。『十字の偉大《いだい》なる神殿《しんでん》』。ベカンには十字型のくぼみ模様がある。そうよ、はっきりしてるわ。わたしたちがベカンと呼《よ》んでいる遺跡《いせき》は、かつてはチェチャン・ナーブという名前の都市だった。そして、《イシュ・コデックス》の謎《なぞ》を解く鍵《かぎ》はベカンにある。父さんは行方不明になる前日に、そのことを発見したんだわ。それであんなに興奮《こうふん》してたのね。絶対そうよ」

また姉に一本とられた、と認《みと》めたよ。

カミラはある意味天才だ。オリーよりすごい。ぼくは、カミラと血がつながっていることを誇《ほこ》らしく思う。

蛙《かえる》の子は蛙っていうじゃないか。蛙の娘《むすめ》も蛙だね。

15

新しい事実がのみこめるまで、しばらくの間、みんな無言だった。

「その古写本を見つけないとね」カミラが口を開いた。「手に入れて、突《つ》きつけてやるわ。だれだか知らないけど、わたしの夫を釈放《しゃくほう》できる責任者にね。釈放しないと、古写本を破りすてるぞって」

「まだ発見されてないって、どうしてわかるの？」オリーが聞いた。「やつらが、もう手に入れたかもしれないじゃない？」

「そうかもしれない」カミラがしぶしぶ認《みと》めた。「でも、わたしにはそうは思えない。やつらはまださがしてると思うわ。わたしのケータイが盗聴《とうちょう》されてるし、尾行《びこう》されてる気がするから」

「ぼくの家は泥棒《どろぼう》に入られたよ。父さんの大学の部屋もねらわれた」

「やつらはカラクムル書簡《しょかん》をさがしているのよ」カミラが言った。「そして、わたしたちが持ってるのを知っている。ということは、まだ古写本は手つかずってことになるわ。どこかにあるはずだわ。わたしがそれを手に入れてみせる」

「サウルを釈放《しゃくほう》させるために？」オリーが言った。

「そう。そうしないと、父さんを裏切《うらぎ》ることになるし。父さんは、それがもとでやつらに殺されたんだもの。あいつらを勝たせるなんて、わたしが許すと思う？」

「見つけたとしても、破りすてたら、こっちの勝ちにもならないわ」と、オリーが言った。

「それにしたって、やつらには指一本ふれることができなくなるわ。そして父さんは、秘密《ひみつ》をお墓の下まで持っていくってわけ」カミラが、はげしい口調で返した。

オリーが複雑な微笑《びしょう》を浮《う》かべ、首をかしげて言った。「もし、その古写本に、世界の危機《きき》を救う秘密が書かれているとしたら？」

「そう期待してるわ」カミラはそう言うと、ぼくをふり返り、まっすぐ目を見て言った。「だからこそ、弟よ、あなたの協力を〝期待〟してもいい？」

「もともとそのつもりだよ」ぼくは答えた。

カミラは、ぼくたちがホテル・デルフィンに滞在《たいざい》するのは危険《きけん》だ、という意見だった。ロハス刑事《けいじ》が事前の打ち合わせどおりにぼくの電話を待つのは、一日か、長くて二日だろう。電話がなければ、居どころをさがし始める。

「ロハス刑事だけじゃないわ」ぼくらの荷物を取りにホテルまで車を運転しながら、カミラが警《けい》告《こく》した。「彼《かれ》に指令を出してるやつらが、いよいよお出ましだと思う」

カミラの言う〝やつら〟がだれを指すのか、ぼくにはよくわからなかった。カミラはオリーと同じように、CIAかNASA《ナサ》かイギリス諜報部《ちょうほうぶ》だか何だか、UFO《ユーフォー》との遭遇《そうぐう》をかくしている組織のことを言っていたし、地元のナルコ――麻薬密売《まやくみつばい》組織――のことも言っていた。

それについて質問すると、カミラはむっとした。

「米国人《グリンゴ》が、自分たちの要求をメキシコの警察《けいさつ》に伝えるのよ。父さんの事件では、地元の人間を犯人にしろと。だれでもいいから。それで、ロハス刑事が候補者《こうほしゃ》をさがした。そこにナルコがからんだわけ。ナルコは、サウルに仕返しをしたかったの。このあたりでビジネスをする人への、みせしめにね。ナルコの言うとおりにするか、さもなければ牢屋《ろうや》入り。みんなつながってるのよ、警察も、軍も、諜報機関も。グリンゴが跳《と》べと言えば、どれだけ？　と聞くだけ。あなたの国も同じようなものでしょ？」

「いや、ちがう」ぼくは険《けわ》しい口調で言った。

カミラはあきらめて、「そう。なら、そう思ってれば」

ホテル・デルフィンに着いたのは、七時過ぎだった。タイラー、オリー、ぼくが車から降《お》りようとしているとき、カミラがぼくのTシャツをそっと引いた。

「ねえ、少し二人だけで話せない？　お友達の前では話したくないことがあるのよ」

どきっとした。ぼくもそう思っていたところだ。長い間生き別れだった姉弟《きょうだい》だけの時間を持ちたい。

それで、タイラーを呼《よ》んで、ぼくの荷物も車まで持ってきてくれるようにたのんだ。その間に支払《しはら》いをしておくから、と。タイラーは承知したしるしにうなずき、オリーは別れぎわに、かすかにいぶかしげな視線《しせん》を送ってきた。

「早く来てね」

オリーの口調に別れたくない気持ちがこもっていると思ったのは、錯覚《さっかく》だろうか。

ほんの短い別れのはずだった。次に二人に会うときまでに自分の人生が取り返しようもないほど変わるなんて、その時点では夢にも思わなかった。

日中のうだるような暑さは弱まったとはいえ、空気はまるでスープのようだった。カミラの車にもどる前にフレスカをもう何缶《かん》か買おうと、自動販売機《はんばいき》に向かった。投入口にコインを入れているとき、ロビーにアメリカ人らしい話し声が聞こえて、思わず手を止めた。小声で、ひかえめに話している。旅行者には見えない。

彼《かれ》らは、スペイン語で受付に聞いていた。「ここに、イギリスから来た学生のグループが泊《と》まっていないか？」

フロント係は礼儀《れいぎ》正しく、身分証明書の提示を要求する。

「お客様に関するそのような情報は、お知らせできかねますので」

アメリカ人が身分証明書を見せると、しばらく間《ま》があってフロント係が聞いた。

「NROというのは？」

「国家偵察《ていさつ》局」

一人のアメリカ人が答えた。それ以上の説明は必要ないというような口調だ。

「アメリカ軍関係ですか？」フロントの人が聞いた。

「ああ、そうだ」と、もう一人が答えた。

フロント係は肩《かた》をすくめた。NROが何なのか、理解できていないようだ。

「かしこまりました」

ぼくは逃《に》げ道をさがした。彼らの後ろを通らないと外に出られない。販売コーナーから顔を出すと、男が二人見えた。どちらも三十代。うつむいて宿泊者《しゅくはくしゃ》リストを見ている。アロハ・シャツと半ズボンという服装《ふくそう》だが、髪型《かみがた》が不釣合《ふつりあ》いだ。どう見ても海辺の遊び人には見えない。

ぼくは、できるだけメキシコ訛《なま》りを強調したスペイン語で、フロント係に呼びかけた。「よぉ、治ったぜ。デラウエア・パンチが一本ひっかかってた。また具合が悪かったら呼んでよ」

フロント係が目を上げた。ぼくを見て、ほんの一瞬《いっしゅん》とまどう。ぼくは、必死にたのみこむしぐさをした。フロント係は理解してくれた。片方《かたほう》のアメリカ人が怪訝《けげん》そうにこちらを見る。ぼくは、何でもないように見返した。

「悪いね、トニー。じゃあ、また」フロント係がぼくに言う。

ぼくは、ロビーを通りすぎるとき、一人のアメリカ人捜査官《そうさかん》が言うのが聞こえた。「これだ。ジョシュ・ガルシア、タイラー・マークス、オリヴィア・ドトリス。12号と13号室」

ぼくは、持っているかぎりの自制心をかき集め、彼《かれ》らから見える間は走り出さなかった。そのあとは、駐車場《ちゅうしゃじょう》までダッシュ。カミラは、手鏡を見て化粧《けしょう》を直していた。

ぼくは車に飛び乗ると、小声で言った。「車出して！」

繰《く》り返す必要はなかった。カミラはすみやかに駐車場から車を出し、タイヤをきしませもせず外に飛び出した。

「ぼくらを追っているのはNROだった」と、カミラに知らせた。目はサングラスにかくれているが、彼女《かのじょ》がくちびるを固く結ぶのがわかった。

「国家偵察《ていさつ》局。CIAと、アメリカ軍と、国防省がつながった組織ね」カミラはそう言って、低く口笛を鳴らした。「やっぱりねえ。さあ、これからだわ。こっちだって、予期してなかったわけじゃないわ。待ってたんだから」

海ぞいの道路に出ると、カミラはさらにアクセルを踏《ふ》んだ。

「タイラーとオリーはどうなるんだろう？」

カミラは肩《かた》をすくめて、「どれだけ口を閉《と》じていられるかしら？」

「さあ……。やつら、二人に何かすると思う？」

「痛《いた》めつけはしないと思うわ。何と言っても、二人ともまだ子どもだもの。ねらいは痛めつけることじゃなくて、ただカラクムル書簡《しょかん》がほしいだけよ。カラクムル書簡が導いてくれる《イシュ・コデックス》がね」

自然にマネー・ベルトに手が行った。指でさぐって、大事な文書の感触《かんしょく》を確かめる。ちゃんとあった。

「二人は、わたしたちの行き先を知ってるわ。あの子たちの前であれこれしゃべりすぎて、失敗したわね」

ぼくは二人を弁護した。「だって、あの二人はぼくの味方だよ。オリーは、はじめから助けてくれてるし」

「うーん、そこが変だわね」

「何が言いたいの？」

「わたしには、ちょっと変に思えるのよ。ふつうのイギリスの子が、どうしてそんなにマヤ考古学に興味を持つかってね」

「始まりはちがったんだよ。父さんの殺人事件からだもの」

「二人とも仲のいい友達?」

「今はね」

「でも、事件より前からじゃないのね?」

「そりゃちがうけど、でも……」

カミラは肩《かた》をすくめて言った。「わたしが言いたいのは……あの二人が、あなたのために、どこまでがんばってくれるかってこと。わたしたちのことをしゃべるまで、どのくらい持ちこたえてくれると思う?」

それは知りようがない。情報はたくさんある。二人が少しずつ、ゆっくり小出しにして、はじめから話してくれれば、ベカンのことにたどり着くまで一時間はかかるかもしれない。

カミラは運転に集中した。

「たぶんやつら、手始めにわたしの家に行くわ。まずあそこでしょうね。メイドに電話して、書《しょ》簡《かん》を入れた箱をかくしてもらわないと」そう言うと、ぼくに自分の携帯《けいたい》電話をわたした。「2を押《お》して、フェルナンダにそう伝えてくれる?」

そして残念そうな口調になった。「ベカンまで一時間かそこらで飛ばさないといけないなんて。

運転しながらなんてね。こんなはずじゃなかったのに、弟くん。ゆっくり語り合う時間が持ちたかったのよ。弟と初めて会える日なんて、人生に何度もないもの」

ぼくはカミラにほほえみかけた。「そうだね。走りながらそうするよりしょうがないみたい」

カミラは、きれいにマニキュアを塗《ぬ》った手を伸《の》ばして、ぼくの手をとった。指がふれると、ぎゅっとにぎりしめてきた。ぼくは何も言えず、フェルナンダが電話に出るまでの間、にぎり返していた。メイドが出るとカミラの指示を伝え、電話を切った。

十分後、車はスピードを落とし、道をそれて、しゃれたホテルのゲートをくぐった。

「わたし、ここのヘルス・クラブの会員になってるの」カミラが説明した。「何週間か前から、緊急《きんきゅう》用の持ち物をまとめて、いつでも脱出《だっしゅつ》できるようにしてあったのよ。こんなときのためにね」

ぼくは、カミラのあとについて車を降《お》り、ミル・スエニョス・ヘルス・アンド・スパのドアを入った。

「何週間か前？」

「そう。父さんが殺人事件にあい、夫が無実の罪で逮捕《たいほ》されてからのことよ。だれ一人わたしの言うことを信じてくれなかったから。それから電話に雑音が入るようになり、妙《みょう》な時間に家の前に工事人が来ている。青いニッサンの車に尾行《びこう》される……。わたしがマヌケだと思う？　用心深くせずにいられないでしょ？」

「それじゃ、そのときから……」

「そういうこと」

カミラはそう言いながら、首にかけたチェーンから鍵《かぎ》を取り出し、ロッカーを開けた。中には茶色のルイ・ヴィトンのバックパックがあった。カミラはバックパックと、黒と茶のスケッチャーズのスニーカーを取り出した。そしてスニーカーにはきかえると、指輪とブレスレット、イヤリングをはずしてロッカーにしまい、ホテルから出た。全部で五分もかからなかっただろう。ぼくは、フェンディのキャップを目深《まぶか》にかぶったカミラとともに、ホテルを出た。

駐車場《ちゅうしゃじょう》に行くと、カミラは乗ってきた黄色のワーゲンではなく、赤いドッジ・ストラトスのほうへ行った。

「ストラトス？」

カミラはうなずいた。「またまたそういうこと。チェトゥマルの人はみんな、わたしのワーゲンを知ってるもの。だから、二週間前にこの車を買っておいたの。それでここに預けておいたわけ。さっきも言ったけど、こんなときのためにね」

「ふぅん」ぼくは感心してつぶやいた。「すごいや」

「考える時間はたくさんあったのよ、弟くん。ずっと一人っきりだったしね」

「すごい計画だよ」

「そうでもないわ。ただひとつ問題だったのは……あなたよ。あなたがどんな子か、わからなかったから。まさか、いっしょにベカンに行くことになるとは思わなかったわ。それがこうしてここにいるんだものね。……そういえば、あなたの分は何も用意していないわよ」

「ええっ」ぼくには、それしか言いようがない。

「だいじょうぶ」カミラはにやっと笑って、「姉と弟だもん。仲よく分け合いましょう。食料はじゅうぶんあるし、お金も水も二人分はあるわ」

車は、ホテルのドライブウェイを出た。ぼくは、目の前のほこりっぽい道を見た。海は一面、薄紫色《うすむらさきいろ》に染《そ》まっている。ココヤシの葉を鳴らして、湾《わん》から暖《あたた》かい風が吹《ふ》いてくる。遠くからカー・ステレオのトロピカル音楽がかすかに聞こえてくる。西へ向かう車の中で、ぼくは窓から片《かた》ひじを出して風を楽しんでいた。内陸へ、ジャングルの中のベカン遺跡《いせき》へ。

二人の友人の身の上を心配しなければいけないのはわかっていた。でも、心配する気にならなかった。姉と二人で暗い夜道を走りながら、ぼくは生命力と気力、そして自由を感じていた。

16

国道186号線は、まっすぐジャングルの奥《おく》深くへと突《つ》っこんでいく。何分もしないうちに、キンタナ・ロー州の州境を出てカンペチェ州に入った。背後《はいご》からもジャングルに閉《と》じこめられていくように感じる。道路の両側から濃《こ》い影《かげ》が押《お》し寄せてくる。数分ごとに、景色《けしき》は、木立《こだち》から小さな潟湖《ラグーン》やマングローブの生えた沼地《ぬまち》にとってかわる。月のない紫《むらさき》色の空を映《うつ》して光る水面は、黒い穴《あな》のようだ。

ぼくは、カミラのバックパックの中身を見てみた。ペットボトルの水一本、高エネルギーのスナック・バーが一ダース、防水の懐中《かいちゅう》電灯、スイス・アーミー・ナイフ、電池、ビニールぶくろに入れたマッチと脱脂綿《だっしめん》、浄水《じょうすい》用の薬剤《やくざい》、現金一万ペソ＝五百ポンドぐらい（日本円で約七万円）。それからピンクのi《アイ》ポッド。

「退屈《たいくつ》したときのためにね」カミラは笑いながら言った。「だって、相棒《あいぼう》ができるとは思わなかったから」

いったい、どんなところへ行こうとしていたんだろう？　カミラは準備万端《ばんたん》だった。それにひきかえ、ぼくは準備どころか、こんなことに巻《ま》きこまれるなんて、全然考えつかなかった。まるで、お姉さんに何もかも支度《したく》をしてもらって出かける子どもみたいだ。

「もっと早く会いたかったと思わない？」

「そうだね」ぼくは答えた。

「まじめな話、一人っ子はさびしいわ。弟といっしょに暮《く》らしたかったなあ」

ぼくには、お姉さんといっしょの暮らしなんて想像がつかなかった。十代の女の子の世界は、リップグロスにヘアケア用品、ピンクのスニーカー、オーランド・ブルームやブラッド・ピット（二人ともアメリカの映画俳優《えいがはいゆう》）のポスター。姉妹のいる友達の家で、そんなものを見かけたことはある。

「アンドレスが滞在《たいざい》したホテルを選んだのは、さすがだわ」

「ジャズのことは知らなかったよ」

「それなのに、まさにあのホテルを選んだんだものね。あなたには、アンドレスに似たところがたくさんあるわ。相手が言ったことを疑《うたが》うときに、目をぐるっとさせるところとか。それから手で何かを食べるときのしぐさ。うれしいと、もみあげを掻《か》くところ」

「そんなことしないよ」

「してるわよ。今もしてる」カミラが笑った。

「なんで、ぼくが今うれしいってわかるのさ？」

「わたしの前ではかっこつけなくてもいいのよ。オリーじゃないんだから」

カミラはそう言って、片方《かたほう》の眉《まゆ》を上げた。ぼくは気がつかないふりをした。

「あの子のこと、好きなんでしょ？」

「まあね」

「こまったわね」カミラは首をふった。

「オリーがきらいなの？」

「そういうことじゃなく。ただ、あの子みたいな女の子が、あなたのような子どもに関心を持つのは、めずらしいって気がするわ」

「すごいでしょ？」ぼくは、にんまりした。「たぶん、父さんの死の謎《なぞ》のせいで、ぼくに関心を持つんだと思うよ」

カミラは顔をしかめて言う。「そうでしょうね。あの子、何歳《さい》？　二十ぐらい？」

「まだ十六だよ」ぼくは笑って言った。「おしゃれがうまいんだ」

「ふうん」

「別にかばうわけじゃないけど、何が気になるの？」

カミラはかすかにほほえんで、ぼくを見た。「大事な弟のことが心配なだけよ」

しばらく二人ともだまっていたが、やがてカミラが口を開いた。

「i《アイ》ポッドをつないでくれる。音楽がほしいでしょ」

ぼくがプレイヤーをつなぐと、車内にジャズがあふれた。

「やっぱり？」ぼくはうめくようにつぶやいた。

「そうよ」カミラはにやりと笑って、「父さんに育てられたわけじゃないのに……。ずっと前からわたしのお気に入りのジャズ・アルバムは、何だと思う？」

「さあねぇ。マイルス・デイビスの『カインド・オブ・ブルー』？」

「いいぞ、弟よ」カミラは、ぼくの肩《かた》をちょっと突《つ》いた。「さすが、するどいじゃない」

「だってぼくは、父さんの家で育ったんだよ。週に一度はそのCDがかかっていたもの」

「そう。初めて二人でいっしょに聴《き》いたとき、父さんは目に涙《なみだ》を浮《う》かべてた。あのときのこと、わすれられないわ」

また沈黙《ちんもく》。

カミラが聞いた。「父さんがいなくなって、何がいちばんさびしい？」

ぼくは数秒考えた。数えたらきりがないけれど、いちばんつらいのは、電話が鳴っても、絶対に父さんからじゃないのがわかっていることだった。帰りが遅《おそ》くなるという大学からの電話も、メキシコのどこだかの真ん中からかけてくる電話も、もうありえない。

「電話の声が聞けないこと」ぼくは答えた。

カミラは長いため息をついた。

「わたしも同じだわ。歌にあるわね。『電話が鳴る。でも、だれが出るというのか？』（ジャズの名曲「思い出のたね」の一節）」

そう言われて、少しぞくっとした。そんなふうに考えたことはなかった。でも……「そう。そんな感じ」

カミラは、ハンドルをしっかりとにぎり直した。「だれにも先のことはわからないけど……だからいつも、死を身近に意識していなくちゃいけないってことね」

カミラは、楽しい雰囲気《ふんいき》がこわれると思ったのか、こう付け加えた。「こうしましょう。今度電話で父さんの声が聞きたくなったら、わたしに電話して。いいでしょ？」

ぼくは小さくうなずいた。

「これでよし。ケータイ持ってる？」

ぼくは、イギリスの携帯《けいたい》電話をポケットから取り出した。カミラが自分の番号を言い、ぼくはそれを登録した。

『カミラ・コール・ミー』か『コール・ミー・カミラ』って登録しといて。どっちでも頭文字はCだから」そう言ったあと、やさしく聞いた。「お母さんの具合は、いかが?」

「あんまりよくないんだ」

「かわいそうに」

「よくなるはずだよ」ぼくは言った。「五分もあれば電話で説明できるんだけどな。カミラのことを知らせれば、すぐよくなるよ」

「もっと早く電話すればよかったわね。もうイギリスは夜中だわ」

時計を見ると、そのとおりだ。メキシコの八時半は、イギリスでは真夜中だ。ぼくは気がとがめた。早く母さんに電話すればよかった。カミラのことを教えて、安心させてあげなきゃいけなかった。どういうわけか、午後があっという間《ま》に過ぎてしまった。

とはいえ、午後はまだ完全には終わっていなかった。空には、一日の最後の光の名残《なごり》がある。

だが、目の前の道は真っ暗だ。

突然《とつぜん》、カミラの口調が変わった。

「ねえ、ジョシュア、アンドレスは、夢のことをあなたに話した?」

「お祖父《じい》さんの夢のこと? 煙《けむ》った草ぶき屋根の小屋で死ぬところを見る夢? バカブ・イシュを呼《よ》べ?」

「それよ。父さんが話したの？」

「いや」

「そうだと思った」

「カミラには話したの？」

「一度だけね。『バカブ・イシュを呼《よ》べ』っていう夢の中の言葉のことを話してくれたわ。わたしたちのお祖父《じい》さんが出てくる夢だって。それ以外のことは、その、わたしも夢で見たわ」

ぼくはおどろいてカミラを見たが、カミラは道から目をそらさなかった。そして、当たり前のように言った。

「その夢、あなたも見たでしょ？」

返事をするまで何秒もかかった。

「なんで知ってるの？」

「父さんがいなくなってからでしょ？　ちがう？」

「そう」

カミラは何か考えながらうなずいた。いろいろ考え合わせているようすだった。

「でしょうね」

「どういうことだか、わかる？」

「たぶんね。テレパシーみたいなものだと思うわ。きっと、わたしたちのお祖父さんが死ぬところを見た人がいたんでしょう、何年も前に。それで彼《かれ》らは、次の世代の人にメッセージを送ろうとしているのよ。それがわたしたちってこと」

思わず笑い声が出た。「冗談《じょうだん》でしょ？」

カミラが目を見開いた。「とんでもない。メキシコでは、そういうことがあるのよ。夢のお告げ。夢の中に入りこむの。そういうことができるオルメック人（メキシコの古代インディオ。その末裔《まつえい》）がいるのよ。本当に」

ぼくはまだ笑いながら、「それじゃ、お祖父さんがオルメック人の目の前で死んだっていうわけ？」

「かもしれない」

「父さんにもそう言ったの？」ぼくは、にやにやしながら聞いた。

「それじゃ、おりこうさん、あなたはどう思うの？」

ぼくは肩《かた》をすくめて、「簡単《かんたん》さ。父さんがぼくたちに夢の話をしたんだよ。カミラはそれを覚えてる。ぼくは覚えていないけど、きっとわすれたんだと思う。それが潜在《せんざい》意識に残っていて、おかしな夢になったんだ」

カミラは、にこりともせずに言った。「笑えばいいわ。でもわたしは、すべてがつながっていると思う。カラクムル書簡《しょかん》にあるバカブ。それから、夢の中で『バカブ・イシュを呼《よ》べ』。父さんの最後の目的地、ベカン」

「どうつながってるのか、ぼくにはわからないよ」

「わたしにもわからない」カミラは認《みと》めた。「でも、感じるの。わたし、こういうことには勘《かん》が働くのよ」

ぼくらの後ろにヘッドライトがあらわれ、カミラはちらちらバックミラーを見やった。

「後ろの車、さっきからついてきてるわ」

「いつから?」

「覚えてない。追いこすかと思ったけど、わざと追いこさないみたいなの」

カミラはミラーを見ている。五分間ぐらい無言だったが、i《アイ》ポッドのジェイミー・カラム(イギリス出身のジャズ・シンガー)の歌声に酔《よ》っているわけではないのは、わかっていた。

「追跡《ついせき》されてるってこと?」ぼくは思い切って聞いてみた。

カミラは真剣《しんけん》に心配そうで、目つきが、ますます父さんそっくりになっている。

「少しスピードを遅《おそ》くしてみたの。そしたら、向こうも合わせた」ちらっとぼくを見て、「こまったね、追跡されてるらしい」

「どうする?」

「そうね、もうすぐベカンの町に入る。ホテルはいくつもないから、わたしたちをさがす気なら簡単《かんたん》に見つかるでしょうね」

「どこか別の場所に行くのはどう？　やつらを捲《ま》いてから、急いでもどれば？」

「悪くないわね。いいわ、このまま進みましょう」

ぼくらは、後ろを気にしながら進んだ。

すると、後ろの車が車間距離《きょり》をちぢめだした。それまではある程度の距離があったので、車種の特定ができなかった。近づいて来る車を見て、カミラが声をもらした。

「いやだ」

ハンドルをにぎるカミラのこぶしが真っ白だった。ぼくはよく見ようと、後ろをふり返った。

「青のニッサン」カミラの声は、まぎれもなく恐怖《きょうふ》に満ちていた。「何週間もわたしを尾行《びこう》していた男よ」

「本当にその男？」

カミラがおこった。「そうだと言ったらそうよ。作り話でもしてるっていうの？」

「だれなの？」

「知らないわ」カミラの声は悲鳴に近かった。「わたしが知ってるわけないじゃない」

これ以上ばかな質問はやめよう。父さんが死んでからＮＲＯが動いているとすれば、カミラのことだって尾行《びこう》するだろう。

青いニッサン車が追いこしをかけてきた。ぼくは、運転手を見ようと体をねじった。ダッシュボードの明かりに照らされる影《かげ》しか見えない。

青ニッサンが急ハンドルを切って、ぼくらの車にぶつかってきた。一瞬《いっしゅん》、方向転換《てんかん》しそうになり、カミラが必死にペダルを踏《ふ》んでスピンを防ぐ。

カミラは一三〇キロに加速した。青ニッサンもスピードを上げ、今にも追いつきそうだ。カミラが一六〇キロに加速。青ニッサンも加速する。でも、カミラの車のほうが優勢《ゆうせい》だ。こっちのほうが速い。青ニッサンとの差が開き始め、カミラの口もとに勝利のほほえみが浮《う》かびかけた。

そのとき、一発の銃声《じゅうせい》。カミラはとびあがりそうになり、動揺《どうよう》して運転に集中できない。

「スピード落として！」

「冗談《じょうだん》じゃない！　撃《う》たれるわ！」

また銃声。今度はトランクのあたりに命中した。ぼくらは悲鳴をあげ、あわてて頭を下げた。

さらに銃声がひびく。

ぼくは完全にパニックだった。カミラはさらにアクセルのペダルを踏む。それでも、速すぎるとは思えなかった。逃《に》げようという本能、ここから逃げたいという思いしかなかった。

意識のすみでは、暗い道をこのスピードで飛ばすのは自殺行為《こうい》だともわかっていた。しかし、銃弾《じゅうだん》が降《ふ》りそそいでは、ほかにどうしようもない。

「タイヤをねらってる」カミラがさけんだ。

一秒後に再び銃声。

車の右下で恐《おそ》ろしい破裂音《はれつおん》がして、タイヤがやられたのがわかった。車は右に急旋回《きゅうせんかい》し、道路からそれて飛び出した。丈《たけ》高くしげった雑草をなぎたおして、ジャンプした。ぼくは悲鳴をあげ、目の前にせまる黒い水を見た。

水面に着く直前に願った。どうか潟湖《ラグーン》ではなく、マングローブの生えた小さな沼地《ぬまち》でありますように。

車は、すさまじい勢いで水に飛びこんだ。衝撃《しょうげき》でエアバッグがふくらむ。まだ一巻《いっかん》の終わりじゃない――その思いに、必死にしがみつく。

車体が完全に水中にしずみ、半開きの窓《まど》から水がどっと流れこんでくる。エアバッグに圧迫《あっぱく》されて体が動かせない。水底にドシンと車がぶつかったとき、ようやく動けるようになった。

体じゅうにアドレナリンが流れるのを感じ、ぼくはシートベルトをさぐった。水はもう太腿《ふともも》まで来ている。バックルをさぐり当て、自分のシートベルトをはずした。次はカミラのシートベルトだ。

カミラの顔を見て、はっとした。カミラは目を閉《と》じている。少しも動かない。頭に小さな傷《きず》がある。血をぬぐいながら、いつ撃《う》たれたんだろうと必死で考えた。

手が止まる。わかった。

二度目の破裂音《はれつおん》があったときだ。最初の破裂音とほぼ重なって、リヤ・ウインドーのガラスがこなごなにくだけ散った。あの銃弾《じゅうだん》が、車を通りぬけてカミラに当たったんだ。生死はわからない。確かめる時間はなかった。一分もしないうちに、車の中は水であふれるだろう。もう首まで来ている。

ぼくは、残った空気を思い切り吸《す》いこんで、カミラを座席《ざせき》から引きずり出そうとした。だめだ。エアバッグにはさまれている。カミラが力を貸してくれないかぎり、ぼく一人では動かせない。二酸化炭素を吐《は》き出したくて肺《はい》がちくちく痛《いた》み、ぼくはあぶくを吐いた。もうあと何秒ももたない。

もう一度カミラの体を引っ張る。その間にも、ぼくはすでに恐《おそ》ろしい計算をしていた。

ついに、ぼくの頭の中の、冷酷《れいこく》で機械的な部分が勝ちを占《し》めた。バックパックを引っつかみ、体をくねらせて窓《まど》からぬけだすぼくの姿《すがた》を、別の自分が見ていた。

ぼくは、肺に残った空気を使って、車からできるだけ遠くへ泳ごうとした。青ニッサンのことが頭にあった。ぼくらをさがしているはずだ。なるべく頭を水中にしずめ、ときどき水面に出るときもできるだけ音を立てないよう気をつけた。どこへ向かっているのか、全然わからない。この潟湖《ラグーン》がどこまで続くのかもわからない。

ようやく岸に着いた。ぼくは止まってまわりを見まわし、草の間にかくれて後ろをふり返った。しずんだ車のライトが、まだ水底で光を放っている。悲惨《ひさん》な光景の中に、ぼんやりと不気味な光を投げている。

ぼくは、はっとして息をのんだ。暗闇《くらやみ》の中に、懐中電灯《かいちゅう》を持った人物の黒い影《かげ》がある。男は、車がしずんだあたりの水面に光を向けた。懐中電灯の光は、岸にそって動いてくる。大きく息を吸いこんで水にもぐると同時に、ぼくの頭すれすれの水面が照らされた。目を開けて、水面をすかして見つめながら、二分近くもぐっていた。

息が苦しくてどうしようもなくなったとき、ようやく光が通りすぎた。車のヘッドライトの配線にもとうとう水が入ったのか、ヒューズがとんで水中の光も消えた。それはまるで、カミラの生命が力つきたと告げるかのようだった。今はただ、この恐ろしい事実――青のニッサン車に乗った男がぼくらを銃撃《じゅうげき》した事実――を心に焼きつけるしかない。

肺が快復《かいふく》するまで何度も浅い呼吸《こきゅう》を繰《く》り返し、ようやく長いため息をついた。意識を失ったぼくの姉さんは、たった今、溺死《できし》した。

そのときはまだ実感がなかった。さらにもうしばらくの間、ぼくは水につかったまま、じっと身をひそめていた。得体の知れない、ぬるぬるした生き物たちが、腕《うで》や足にふれる。疲《つか》れきった体で水から出て岸に這《は》い上がったとき、初めて衝撃《しょうげき》がおそってきた。ぼくは、泥《どろ》にまみれた、びしょぬれの体を岸辺に投げ出した。カミラのバックパックを胸《むね》に抱《だ》きしめたまま、体が震《ふる》えだして止まらなくなった。

力をぬこうと思っても、手足がこわばって身動きできない。喉《のど》にリンゴがまるごとひとつ、つまったような感じだった。声を出すこともできない。吐《は》き気《け》がこみあげてきて、ゲェゲェ吐いた。そのあと、ほんの少しよくなった。

別の車のブレーキ音が聞こえ、近くの路上に停《と》まった。何人かの人声がする。生存者《せいぞんしゃ》をさがすいくつもの懐中《かいちゅう》電灯の光。ぼくは力をふりしぼって立ち上がった。そして、ジャングルの闇《やみ》を目指して走りだした。

17

最初の三十分はうまくいった。〝うまくいく〟の意味が、〝真っ暗なジャングルの中を何とか走り続ける〟ということだとすればだが。実際、立っていること自体がむずかしいほどで、まっすぐ走るのは不可能だった。さらにむずかしいのは、目の前で姉が死んだ事実を考えないでいることだった。

ぼくは、テレビで観《み》たサバイバル番組のことを考えていた。こんな場合には、腰《こし》をおろし、落ち着いて計画を立てるべきなんだ。確かにそのとおりだよ。しかし、国家組織の捜査官《そうさかん》に追跡《ついせき》されているとしたら！

格好なんか気にしていられない。ひと息つこうと止まってかがみこんだとたん、銃声《じゅうせい》がした。だからぼくは、ジャングルの奥《おく》深くへと走り続けた。計画を立てることも、落ち着くことも、ぼくにはできなかった。

走るのをやめたのは、もうそれ以上一歩も足が動かなくなったときだった。ぼくは地面にくずれ、どうかすみやかに終わらせてください、と神に祈《いの》った。そのまま、その場に何時間もたおれこんでいた。やつらに見つかり、すべてを終わらせてくれるのを待つ間に、疲《つか》れきっていつしか眠《ねむ》りこんでしまったのだ。

目が覚めた瞬間《しゅんかん》、息をのんだ。これほど完全な漆黒《しっこく》の闇《やみ》は、経験したことがない。突然《とつぜん》目が見えなくなったようだった。オックスフォードの夜空は、いつでもほのかに明るかった。市街の外の村の空でさえ、真っ暗闇にはならない。ここでは目の前にかざした自分の手すら見えないのを知って、ぼくは愕然《がくぜん》とした。夜はすっかりふけていた。

しばらくすると、目が慣れて、かろうじて物の輪郭《りんかく》だけはわかるようになった。空を見上げたが、星も見えなかった。

体じゅう、ずぶぬれだ。空気は重く、じっとり湿《しめ》っぽい。服もびっしょりで、とうていかわきそうもない。遠くで雷《かみなり》の音がする。

ジャングルの中の物音は、けたたましいほどだった。鳥も、虫も、爬虫類《はちゅうるい》も、サルも、これでもかというように鳴き声を立てている。落ち葉の上をくねるヘビの音や、トカゲが昆虫《こんちゅう》を嚙《か》みくだく音まで聞こえる気がする。

その場に横たわっているうちに、ユカタン半島のジャングルについて父さんが教えてくれたことが、次々に思い出された。ジャガー、ピューマ。一見たいしたことない咬《か》み傷《きず》に見えるが、咬まれたところが数日で腐《くさ》ってしまうという毒グモのブラウン・レクルス。テンステップ・スネークという毒ヘビに咬まれたら、十歩も歩かないうちに死んでしまうそうだ。

ジーンズのおしりのポケットから、携帯《けいたい》電話を出してみた。やっぱり電源《でんげん》は入らなかった。またポケットにもどす。水にぬれた携帯《けいたい》電話を、かわかして復活させる話を聞いたことがある。

カミラが先を見こしていたおかげで、必要なものは何でもバックパックに入っているはず……と思っていた。最後に開けたあと、きちんと閉《し》めていなかったと気づくまでは。バックパックは、ほぼ空《から》だった。

自分に腹《はら》が立ち、バックパックを地面に投げつけてののしろうとして、追跡《ついせき》されているのを思い出した。気を静めるために英語で十まで数をかぞえ、次にスペイン語でかぞえた。そのあと、もう一度バックパックの中を調べた。

二つのものだけが残っていた。お金の入ったビニールぶくろと、懐中《かいちゅう》電灯。水とナイフがあったほうがずっと役に立つのだが、何もないよりましだ。

懐中電灯をつけようとしたが、いろいろな生物が光に集まってくるかもしれないと思い直した。生物はともかく、追跡者がいる。今にもヘリコプターの音が聞こえるようだ。こんなところに一人でいたら、簡単《かんたん》に捕《つか》まるだろう。テレビ番組では、暗闇《くらやみ》で悪者を追跡《ついせき》するときには赤外線メガネを使っていた。考えれば考えるほど、捕まらないのが不思議なぐらいに思えてくる。

一秒だけ、Tシャツの下で懐中《かいちゅう》電灯をつけてみた。ついた。どう見ても、このまま歩き続けるのは危険《きけん》すぎる。ぼくらの車は186号線を東から西へ走ってきた。地図を思い浮《う》かべても、何百キロにわたってほかに幹線道路はなかった。ただ、舗装《ほそう》していない道はいくつかあった。そのどれかに行き当たるかもしれない。だが、簡単に見つかるとも思えない。幹線道路のように車の音が遠くまでひびくわけではないから。

動けずに立ちすくんだままで、何時間もたったような気がした。こうしようと決心しても、二秒後には考えが変わる。

ここに留《とど》まろう。――いや、貴重《きちょう》な時間をむだにするだけかもしれない。朝になると喉《のど》の渇《かわ》きに苦しむことになる。暑くなるだろう。助かる前に意識不明だ。

歩き続けよう。――いや、ヘビの巣に踏《ふ》みこむかもしれない。そうでなくても、まちがった方向に進むかもしれない。もっと危険なほうへ。

懐中電灯をつけよう。――いや、生き物を呼《よ》び寄せるかもしれない。そうでなくても、青ニッサンやその仲間に見つかるかもしれない。

暗闇でじっとしていよう。――いや、毒グモがいる！　毒ヘビもいる！

最悪の状況《じょうきょう》にいることが、じわじわと、確実にわかってきた。窒息《ちっそく》するような感覚だ。体の中からこみあげるパニックが、ぼくを押《お》しつぶす。足首をつかみ、身動きをとれなくする。

やがて、ぼくは決心した。もしヘリコプターが来たら、自分から懐中電灯をふろう。ジャングルの真ん中にいるよりは、NROに見つかるほうがましだ。走って逃《に》げられるなんて、どうして本気で思ったのだろう？　ぼくがばかだった。カミラの動かない体が水底に落ちていくのを見、しずんだ車のヘッドライトがまたたいて消えたのを見せつけられて、頭がおかしくなったにちがいない。戦うか逃げるかしかなくて、何も考えずに逃げ出したんだ。

ヘリは来なかった。その代わり、空はほかの音であふれていた。カンクンへ向かう飛行機の遠い音。雷鳴《らいめい》。ヒューバタバタとコウモリが飛ぶ音。ブンブンという、蜂《はち》か何かの昆虫《こんちゅう》の羽音に似た低い音。しかし、蜂が夜に飛ぶだろうか？　奇妙《きみょう》だが、そうとしか思えない。

カミラのことを考えることができなかった。恐《おそ》ろしい事故の記憶《きおく》がよみがえりかけると、そのとたんに思いがそこから遠ざかる。脳《のう》の中の何かが、ぼくをしっかり捕まえて、こう声をかけるようだった。おい、おまえ、そこにもどりたくはないだろう。

しっかりしろよ、ガルシア。ぼくは自分を励《はげ》ました。冒険《ぼうけん》だと思えばいいんだ。レイ・ミアーズ（冒険家。テレビ番組で、自然生活を実演して紹介《しょうかい》）ならどうする？　そう考えたら少し落ち着いた。テレビのサバイバル番組で彼《かれ》がやっていたことを、思い出してみた。彼はいつも火をおこす。火は元気を奮《ふる》い立たせるし、温《あたた》まるから、その間に計画を立てる。

もちろん、彼《かれ》はいつも、がんじょうなナイフとかわいた火口《ひぐち》を持っている。カミラも用意していたのに、ぼくが失《な》くした。さがしに行ってもいいが、そうなるとまた、動くべきか、じっとしているべきかの問題に逆もどりだ。

サバイバルで大事なのは決断だ。

レイ・ミアーズがそう言ったかどうかは覚えていないが、いかにも言いそうだと思う。ぼくは大きく息を吸《す》うと、最初の決断を下した。

元来た道をもどろう。方向などかまわずにやみくもに走ったことも、転んでそのまま眠《ねむ》りこんだことも考えないことにする。勘《かん》をたよりに、かすかな記憶《きおく》をたどろう。

懐中《かいちゅう》電灯をつけた。光が、目の前の闇《やみ》を短い廊下《ろうか》のように照らす。その縁《ふち》や奥《おく》で、黒い影《かげ》がうごめいている。十分ほど歩いたが、まっすぐ進むのは不可能だった。行き先も見えず、来た道も見えない。空には雲がかかり、位置を確認《かくにん》できる星も見えない。行く手を木にふさがれるたびに、方向を変えなければならない。

ほどなくして気がついた。同じ場所をぐるぐるまわっているだけではないか。ばかげた決断だった。死に一歩近づいただけだ。

そのとき、まちがえようのない物音が聞こえた。小枝の折れる音。木の葉がかすかにカサカサこすれる音。まわりをぐるっと懐中電灯で照らし、上向きにして木々に光を当てる。次の瞬間《しゅんかん》、スイッチを切った。腕《うで》の毛と首の後ろの毛が一本残らず逆立つのがわかる。じっとしているのがむずかしい。

何かが、あるいはだれかが、ジャングルの中にいる。しかも、相手はぼくがここにいるのを知っている。

今度は別の音。低いところ、地面の近くだ。後ろに下がったとたん、シュッと音がした。次の瞬間、何かが咬《か》みついた。足首だ。ぼくは悲鳴をあげてたおれた。十メートル先に大きなジャガーがいるとしたって、もうかまいやしない。ぼくは毒ヘビに咬まれて、確実に死ぬんだ。

記憶の最後のほうは、まるで幻覚《げんかく》のようだった。藪《やぶ》の中でガサゴソ大きな音がした。何かがぼくにぶつかってきた。もう一度、するどい痛《いた》みが走る。何かがまた足に咬みついた。ヘビに咬まれたあたりがはげしく痛む。だれかがぼくの傷《きず》にトーチランプを当ててでもいるように、体の上で何かがきらめき、動く。

だれかいる。

目に入るのは、Tシャツの黄色だけ。視界《しかい》がぼやけ、あえぐような浅い息しかできない。だれかの手がぼくの足をつかみ、肌《はだ》がひやっとする。痛みが急に消えた。

そっとささやく声。女の子だ。

「だいじょうぶ、じっとして」

声の主《ぬし》のほうを向こうとするが、動けない。そのまま気が遠くなり、ぼくは暗闇《くらやみ》に落ちていった。

18

気がつくと、燃えさかる焚火《たきび》のわきに寝《ね》ていた。十二歳《さい》ぐらいの女の子が、手に持った何かを火にくべている。空気にはあまく、レモンのような香《かお》りがあって、ベランダで両親といっしょにくつろいだ休日の夕べを思い出す。コオロギの声とスタン・ゲッツのサックスを聴《き》きながら、父さんはキューバ産の葉巻《はまき》をくゆらせ、母さんはジン・トニックをすする……。

ぼくは体を起こして、少女を見た。向こうもこっちを見ている。

「ヘビに咬《か》まれたのよ」

女の子は、ぶっきらぼうにそう言った。スペイン語だった。

「そうらしいね」

生きているところを見ると、テンステップ・スネークではなかったらしい。

少女は、それ以上の会話はいらないとでもいうように、サイザル麻《あさ》を編んだ肩掛《かたか》けバッグから水の入った瓶《びん》を出して、ぼくによこした。

「どうもありがとう《ムチャス・グラチャス》」と言って、ぼくはごくごく飲んだ。

少女は何も言わない。「どういたしまして」も、「どうぞ」もなし。

もう一度ぼくらの視線《しせん》が合った。ぼくを見る少女の目つきが妙《みょう》に気になって、落ち着かない。

だから、こっちもじっくり観察した。地元のマヤの女の子にしては、身長があり、肌《はだ》の色が白い。目も大きいし、肩まである髪《かみ》は手入れが行きとどいて見える。ジーンズに、はきこんだナイキ・シューズ、サッカーのTシャツ。メキシコシティ・プマス（メキシコ自治大学のサッカー・チーム）の黄色だ。

見れば見るほど不思議だ。村の女の子には見えない。

だれなんだろう？

「きみが助けてくれたの？」

少女は目も上げずに、うなずく。

「解毒剤《げどくざい》を持ってたの？」

半信半疑《はんしんはんぎ》で聞くと、軽蔑《けいべつ》するような笑いを浮《う》かべてこちらを見た。当たり前よ、解毒剤も持たずにジャングルに入るなんて、マヌケじゃないの、とでも言うように。

「名前は？」

「イシェル」

「イシェルか、マヤの人？」

ぼくは気をつけて、イーシェルというように発音した。彼女《かのじょ》がうなずく。

「ぼくはジョシュ」

彼女はまたうなずく。

「プマスが好きなの？」

「まあね」

あまり熱意がない。

「ぼくはシバス（メキシコ第三の都市グアダラハラにあるサッカー・チーム）だな」

そう言ったが、彼女はどうでもいいというように、肩《かた》をすくめただけだった。

「あっちのほうが好きだ。ほら、ストライプがクールだし」

「これ、古着」

そう答えて、イシェルはせっかくの会話の糸口をつぶした。

古着を寄付する慈善《じぜん》ぶくろのイメージが浮かび、ぼくはあせった。ほかの話題をさがそう。

「どこから来たの？」

そう聞くと、

「この近く」

「近くに村があるの？」

「遠くはない」

「うへぇ」

ぼくは、たおれそうだった。人里離《はな》れたジャングルの真ん中だと思っておびえていたのが、見当ちがいとは。

「どうしてぼくがいるってわかったの？」

イシェルは答えず、バッグをかきまわしてスニッカーズを取り出し、ぼくにくれた。そして、ぼくが包み紙を破るのを見ながら言った。

「事故を起こした車に乗ってたんでしょ？」

ぼくはおどろいた。「なんで知ってるの？」

「音が聞こえた」

「ああ、そうか。相手の車がぶつかってきたんだ。青いニッサン車の男」

イシェルは十秒ほど考えこんでから、「だれかといっしょだった？」

ぼくは答えられなかった。言葉が喉《のど》に――チョコレートの奥《おく》に――つまる。

イシェルは小さくうなずいて、元の無口で無表情な顔にもどった。

「きみ、いくつ？」

「十四」

「十四歳《さい》？　ほんとに？」

思わず口から出たが、彼女《かのじょ》の反応を見ると、絶対言ってはいけない言葉だったらしい。

「十四歳って……」ぼくは口ごもった。「一人でジャングルにいるには、若《わか》すぎないかと思って」

イシエルは、皮肉《ひにく》も悪意のかけらも見せず、静かに答えた。「あたしは慣れてるから」

ぼくが何かを言う前に、イシエルが割《わ》りこんだ。「足首はどう？　歩けそう？」

ぼくは立って、試した。「ああ、歩けると思う」

嘘《うそ》だった。足首が燃えるように痛《いた》い。歩くなんて拷問《ごうもん》に近い。

「じゃあ、行かないと。二時間もすれば明るくなる」

イシエルは、ごみを集めてバッグに入れると、焚火《たきび》の跡《あと》をていねいに足で踏《ふ》んで消し、ぼくの懐中《かいちゅう》電灯を持った。

「どこに行くの？」

「どこに行きたい？」

「きみの村」

「そこに行こうとしてたの？」

「いいや」

「それじゃ、どこに行こうとしてたの？」

ぼくはためらった。この子を信じていいだろうか？　ヘビに咬《か》まれた足首の包帯が、だいじょうぶと答えているようだった。

「ベカン」

探索《たんさく》を続けること、父さんが突《つ》きとめたものをさがすことしか考えられなかった。青ニッサン一味が、これほどやっきになって止めようとしていること。

「わかった」

イシェルは、つまらなそうに答えた。

「連れてってくれるの？」

「まあね」

イシェルは上《うわ》の空だった。何かに気をとられているようだ。

「近い？」

「二時間ぐらい」

「きみが遠まわりにならないといいけど」

「うん」

「ほんとにいいの？」

「うん」

迷路のような木立《こだち》の間を、ぼくはイシェルについて歩いた。どうしてまっすぐ進めるのか不思議だったが、そのうちイシェルが、ときどき腕《うで》時計を懐中《かいちゅう》電灯で照らすのに気づいた。

「そこにコンパスがあるの？」

沈黙《ちんもく》。そして、毎度おなじみのうなずき。

「きみはジャングル歩きが得意なんだね」

「うん」

「ここで何をしていたの？　一人で、夜中に」

「そっちと同じ」

「え、ちがうと思うな。だって、ぼくは逃《に》げてたんだ……」

ぼくの姉を殺した男から――そう言いかけて、気づいた。しゃべり方はぞんざいだけれど、この子はまだ子どもだ。ぼくと同じ。

「さっき言ってた。青ニッサンの男から逃げてたって。あたしもそう。相手はちがうけど、逃げるところ」

「どこから?」

「家から」

「なるほど。そこでディックは……ってわけだ(イギリスの昔話「ディック・ウィッテイントンとネコ」。家を出て成功する話)」

「え?」

「ごめん、たぶんきみが知らない話。どうして逃《に》げるの?」

「ひと言じゃいえない」

「時間はあるよ」

「だめ。たぶん信じないし」

「話してみて」

「あんたに全然関係ない」

そのけんまくに負けて、それ以上聞けなかった。

道々、ずっとそんな調子だった。イシェルはかたくなに、自分のことも、村のことも話さなかった。何かにうんざりしているようなようすで、ぼくなど眼中になかった。ぼくのことはまるで、わずらわしい雑用か何かのようだった。

ぼくは言いたくてたまらなかった。いったい何が問題なんだよ、と。

長い間、だまったまま歩いた。ぼくは、タイラーとオリーがNROに尋問《じんもん》されていることを考えていた。考えまいとしても、潟湖《ラグーン》でおぼれ死んだカミラのことを考えていた。

これからカミラに起こることを思うと、耐《た》えられなかった。死体となってふくろに入れられるなんて。そのとき、心から願った。家に帰りたい、と。

でも、それだって、いいことばかりではない。父さんの死の謎《なぞ》をくどくどと考えて、精神的にまいった母さんの世話を続けなければならない。

気配でわかったのか、イシェルが立ち止まって、ぼくを見た。

「泣いてるの？」

「泣いてない」

「なんで嘘《うそ》つくの？　聞こえたんだから。どうしたの？」

頬《ほお》がほてり、本格的に泣きだしそうなのが、自分でもわかる。

「言いたくないんだ。いいから道案内してよ！」

ほんの一瞬《いっしゅん》、イシェルの無表情な仮面にひびが入った。目が大きく、やさしくなった。大失敗だ。彼女《かのじょ》に同情的な目で見られると、さらにひどいことになった。

「なんだよ！　あんたに関係ないだろ？」

涙《なみだ》が頬を流れ落ち、あわててふいた。イシェルは片手《かたて》を伸《の》ばして腕《うで》にさわりかけたが、ぼくがたじろぐのを見てやめた。

ぼくは、自分の使命に意識を集中しようと努めた。父さんと古写本の謎《なぞ》を解くこと。その謎を解かなければならない。ぼくに残されたのは、そのことだけだ。

歩きながら、マネー・ベルトの中のカラクムル書簡《しょかん》をさぐってみた。ちゃんと、ある。たぶんびしょぬれで読めなくなっているだろう。でも、文面はもうすっかり暗記している。結局、この書簡を廃棄《はいき》しろと父さんが言ったとおりになったのかもしれない。

ぼくが癇癪《かんしゃく》を起こしてからしばらくの間、イシェルは、だまってちらちらこちらを見ていたが、歩きながらまた聞いてきた。

「なんでベカンに行くの？」

「さがしているものがあるんだ。失われたマヤの古写本」

その答えを聞いたイシェルは、おどろくべき反応を見せた。あきらめたようなため息といっしょに、こう言ったのだ。

「あんたもそうなの」

ぼくはびっくりして聞いた。

「失われた古写本をさがしている人を、ほかにも知ってるの？」

イシェルが立ち止まった。澄《す》んだ瞳《ひとみ》がまっすぐぼくを見つめる。

「失われたものはしようがないよ。いなくなった人も、失った物も、失敗した計画も。あきらめどきを知るのが大事なときもあるでしょ」

「そうかもしれない」ぼくはゆっくり認《みと》めた。「でも、これがぼくの考え方なんだ。失われた……という言葉を聞くと、見つけ出したくならない？　何かを失《な》くしたら、ぼくはさがさずにはいられない。ぼくの大事なものは、何もかも一本の糸でつながっているようなんだ。見えないどこかからいつも引っ張られているような感じ。うまく説明できないけど。あきらめることはできない、今はね」

「ほかにもさがしてるものがあるんでしょ？」と、イシェル。「その古写本だけじゃなく」

イシェルは、悲しげな顔でぼくを見て言った。「その先のどこか」

ぼくは、肩《かた》をすくめて歩き続けた。先のことを考えた。古写本を手にした自分の姿《すがた》。それを博物館にわたす、または警察《けいさつ》にわたす、ＮＲＯにわたす、友人二人とカミラの旦那《だんな》を解放してくれる、だれだか知らない相手にわたす自分の姿。

このプマスのＴシャツの女の子に興味がわいた。都会の子のように見えるが、場ちがいなジャングルをやすやすと歩く少女。ものすごくかわいいわけではないが、何ともいえない雰囲気《ふんいき》がある。彼女《かのじょ》の足取りは軽くしなやかだ。鹿《しか》のように軽々と木の根や倒木《とうぼく》をとびこす。この子がカポエイラをやったらどうだろう。絶対すばらしいと思う。彼女の目の前で泣きだす心配さえなければ、もっとおしゃべりをするのだけれど。とても今はそんな気分になれない。

それでも、イシェルとならんで歩いているうちに、なぜか少し気持ちが変わってきた。どうしてだかわからないが、彼女には何かを感じた。見覚えがあるような——ちょうどカミラと会ったときに感じたような、でも少しちがうような何か。

少しちがう。でも確かに感じる。

19

　歩きだしてから二時間二十分がたった。背《せ》にした空が明るくなり始める。イシェルは懐中《かいちゅう》電灯を消した。青みがかった灰《はい》色の景色《けしき》に、目が慣れてきた。ぼくらは、木々の間の少し開けた場所をわたって薄《うす》い霧《きり》の中を進み、切り株《かぶ》の上で眠《ねむ》る巨大《きょだい》なイグアナのわきを通った。そして谷間に転げこんで、反対側の土手をよじのぼった。するとまた、みっしりと深いジャングルの迷路にまぎれこんだ。疲労《ひろう》と喉《のど》の渇《かわ》きでいらいらして、ぼくは声をあげた。

「あとどれぐらい？」

　イシェルが急に足を止めてふり返ると、にやっと笑った。笑顔を見せたのは初めてだった。そのとたんに、ぼくの気持ちがやわらいだ。

「着いた」

「ベカンに？　まさか。レストランはどこにある？　土産物屋《みやげもの》は？　観光センターは？」

「ベカンって、町のこと？」イシェルは首をふった。「遺跡《いせき》のことだと思ってた」

「遺跡？　ちがうよ、まだ開いてないでしょ。ぼくは、食べるものと飲み物がほしい。休むところも」

「そう言ってくれなきゃ」イシェルはぶつぶつ言った。「ベカンって言うからここに来たのに。遺跡が開いてるかどうかなんて……そんな心配はいらないよ」

　そう言って、イシェルが大きな枝を押《お》しのけた。ぼくは、おどろきのあまり、ひっくり返りそうになった。目の前に、巨大《きょだい》な石のピラミッドが三十メートルの高さにそびえている。ベカン遺跡の真ん中に案内してくれたのだ。チェチャン・ナーブ、行方不明になる直前に父さんが向かった最後の場所へ。

「ほらね、ベカンでしょ？　約束は果たしたからね。あたしは、ほんとにもう行かなくちゃ」

　イシェルが言った。

「いいよ、ありがとう」

　ぼくは肩《かた》をすくめて言った。

　イシェルは小さくうなずき、引き返そうとして、思い直したようだ。目に妙《みょう》な色を浮《う》かべてぼくを見た。ぼくがそれに気づかないでほしいと思っているような。

「あたしたち、もう会わないと思うけど」彼女の声がやわらぐ。「何か聞いたとしても……」

そのあと長い間、言葉につまっているので、ぼくがうながした。

「何？」

イシェルが目をそらす。今度は向こうがどぎまぎする番らしい。ぼくには、わけがわからなかった。

「何でもない」そわそわして自分の手を見ながら、イシェルが言う。「だれかに聞かれたら、心配いらないって言って。自分で決めたことだから……信念の問題だからって」

「信念ね。了解《りょうかい》」ぼくは繰《く》り返した。

「個人的な問題じゃないから。いい？」

ぼくがぼんやりうなずいているうちに、イシェルは遠ざかっていく。

今度こそ、本当に行ってしまう。ぼくは彼女に呼《よ》びかけた。

「でも、だれかってだれ？」

返ってきた答えは、今までのイシェルの言葉のなかで最大のおどろきだった。なぜなら、初めて完璧《かんぺき》な英語で言ったからだ。

「西側の壁《かべ》の三段《だん》目だよ、ジョシュ。じゃあね！」

あわてて追いかけようとするころには、もうその姿《すがた》は谷間に消えていた。向こう側の土手を登るのは見なかった。ただ単純《たんじゅん》に、谷底の下生えの中に消え失《う》せたのだ。よく見ると、谷間と思っていたのはそびえるピラミッドの後ろ側をめぐる空堀《からぼり》で、ベカン遺跡《いせき》を取りまいているのがわかった。彼女《かのじょ》が動く物音だけは聞こえるが、追いつくには遅《おそ》すぎた。

イシェルはぼくを知っていたんだ。そうとしか説明がつかなかった。それなら、ぼくが感じた妙《みょう》な見覚えのような感覚の説明もつく。前に会ったことがあるのだろうか？　小さいころ父さんの発掘《はっくつ》現場のまわりで遊んだ、地元の子どもの一人だったのか？

イシェルはぼくをさがしていた。そして、目的地に連れてきてくれた。問題は、だれが彼女を差し向けたか？　だれがここにぼくを来させたのか？　ということだ。

彼女は、ぼくの使命についても理解しているようだった。ジャングルでぼくの命を救ってくれた。彼女があらわれるのは、前もって決まっていたんだ。だから、ぼくが古写本をさがしていると聞いても、少しもおどろかなかった。ということは、消える前にさけんだ言葉が、古写本のありかを示す手がかりにちがいない。

最後にイシェルの姿《すがた》が見えた下生えのあたりを見つめた。彼女を信じてよいか、どうしてわかる？　どこからともなくあらわれたというのに！

けれど、ほかにどうしたらいいだろう？　父さんは、ぼくをベカンに導いてくれたかもしれないが、地図も何も残してはくれなかった。イシェルは他人だけれど、この遺跡の周辺をよく知っている。

イシェルは父さんを知っているのだろうか？

頭の中を、あらゆる可能性が駆《か》けめぐった。イシェルはぼくのもう一人の姉妹だろうか？　父さんをこの場所に導いた謎《なぞ》の一部なんだろうか？

彼女は、父さんがこのピラミッドに登るのを見たのだろうか？

夜明けの光が、空をサーモンレッドに染《そ》め始めた。遺跡の灰《はい》色の石組みが、ピンクがかった色になってきた。ぼくは雑草を押《お》し分けて進み、開けた場所に出た。巨大《きょだい》なピラミッドは古代都市の一角に立っている。ピラミッドの足元には広場があって、その側面には建物がならんでいる。そのうちのひとつには広い階段《かいだん》と、ピラミッドと同じぐらいの高さの二つの塔《とう》があった。

遺跡は、南と東の方角へ広がっている。朝霧《あさぎり》のかけらが草むらの上に低く垂《た》れこめている。建物のいくつかは完全に発掘されているが、残りはまだ、部分的に草と木におおわれていた。まるで、丘《おか》の中から建物が這《は》い出てきているような感じに見える。

ぼくは、再び命を得た古代の遺物《いぶつ》に取り囲まれていた。この都市は、何百年もの間のみこまれていた緑のジャングルから、たった今、救い出されたかのようだ。

そんな思いにとらわれた。

この瞬間《しゅんかん》ここにいるのは、虫と、トカゲと、鳥だけだ。虫やトカゲが朝露の中を跳《は》ねまわる物音が聞こえる。大地からは、草と土の香《かお》りがあまく立ちのぼっている。あたりの静けさに、息をひそめずにいられない。大自然のおごそかな静けさ。それは、うっとりするほどだった。

やがて、ぼくは登り始めた。

南側の広場を見下ろす巨大《きょだい》なピラミッドは、五層《そう》の構造になっていて、正面の階段《かいだん》が頂上《ちょうじょう》の神殿《しんでん》に続いている。夜明けの合唱が始まった。ピラミッドの背後《はいご》の木の上で、生き物たちが鳴き声をあげ始めたのだ。

第三層まで登ったところで正面の階段から足を踏《ふ》み出して、西側の側面に向かって出っ張りの上を進んだ。ところどころ、石がゆるんでいる箇所《かしょ》がある。足をすべらせないよう、じゅうぶん気をつけて進む。第三層はほぼ頂上に近く、見晴らしがすばらしかった。太陽を背《せ》に受けて、遠く幹線道路まで見わたせる。

西の壁面《へきめん》に着き、石の壁《かべ》に張りついて思わずうなり声をあげた。西の壁面はまだ修復されていなかった。出っ張りはせまく、ぐらぐらしている。そのうえ、壁には入り口などない。小さなトンネルでもあるのかと、かすかに期待していたのだが、そう簡単《かんたん》にはいかないのだろうか？

中ほどまで来たところで、服がまだ湿《しめ》っているのに気づいた。沼《ぬま》の水と汗《あせ》がまじって、ひどい悪臭《あくしゅう》がする。どうりでイシェルが近づかなかったわけだ。ぼくは石に胸《むね》を押《お》しつけ、ピラミッドの壁にぴったり体をつけた。指を広げて手を伸《の》ばし、とどくかぎりの石をつかんで、押したり引いたりして動くかどうか試した。びくともしない。

絶望的な気持ちになって、壁にそって移動しながらあちこちを引っかいた。指にしっかり力をこめて、三層の壁をよじのぼろうとした。うまくいかない。ロック・クライミング用の靴《くつ》じゃないし、ぼくにはロック・クライミングの経験もない。あきらめかけたとき、おどろくことが起こった。

ピラミッドの壁から石の板がせり上がり、体がすくわれたのだ。数秒後、その石板は水平になり、ぼくの体は壁に開いた穴《あな》の中にはまった。何の抵抗《ていこう》もできずにすべり落ちる。そしてまっすぐ、暗いトンネルの中に落ちこんだ。

見れば、石板がするすると元にもどっていくではないか。出口がふさがれてしまう。ぼくはただ呆然《ぼうぜん》として横たわったまま、起こっていることを、自分が閉《と》じこめられていくのを見ていた。

一瞬《いっしゅん》後、石板は出口をぴったりふさいだ。

この二十四時間で二度目だ。ぼくは自分に問わずにはいられなかった。この決断は正しかったのか？　一度目の決断は、カミラの溺死《できし》という結果になった。今度は自分が生き埋《う》めになったらしい。

本能にしたがったのが、まちがいだったのか。

ぼくはまだ、カミラの懐中《かいちゅう》電灯を持っていた。電池がどれだけもつかわからない。ジャングルでは二時間ぐらいつけていた。

　トンネルは、高さも幅《はば》も一メートルほどだった。床《ゆか》は、ほこりに厚くおおわれている。空気は暖《あたた》かく、乾燥《かんそう》している。かすかに石灰岩《せっかいがん》のほこりのにおいがして、父さんの発掘《はっくつ》についていった夏を思い出す。マヤ遺跡《いせき》の内部は、たいてい湿《しめ》っぽくて鳥の糞《ふん》が腐《くさ》ったにおいがした。ここには、鳥もトカゲもすみついていないようだ。ぼくは、ひざをついて這《は》って進むことにした。

　数メートル行くと、トンネルはゆるやかに下り、それからまっすぐになった。ぼくは懐中《かいちゅう》電灯をつけた。目の前でトンネルは右に曲がっている。南側へ。

　静かな中で、自分の息づかいだけが耳ざわりにひびく。ぼくはトンネルをさらに進み、突《つ》き当たった。左に開けた空間がある。懐中電灯で照らす。せまい部屋のようだ――背《せ》が立つ。ぼくはそこへ入った。

　中には何もなかった。ぼくは、おびえきっていて息もできない。ピラミッドの中に閉《と》じこめられたんだ。どうしたら出られるかわからない。だが、イシェルを信じる気持ちだけが、ぼくを奮《ふる》い立たせる。ひどい目にあわせるためだけにぼくを助けたとは、思えない。

　そこで数分じっとしていた。何も起こらない。まわりの壁《かべ》と床を調べた。どこかに、とくべつな石かくぼみがないだろうか。だが、見つからなかった。

　あきらめかけたとき、何の前ぶれもなく、部屋の床全体がしずみ始めた。

下へ行ってしまったら、もっと出られなくなる。ぼくはあわてた。今度こそ最大のパニックだ。部屋は上下に長く延《の》びていき、入ってきた入り口がぽつんと小さく、遠くの天井《てんじょう》近くの暗い穴《あな》のようになった。すぐに、懐中電灯の明かりもとどかなくなるだろう。

ぼくはまわりの壁を見た。この部屋は長い大きなエレベーターのようなもので、シャフトは土と石灰岩とモルタルでできているのだ。床下から機械の作動音が聞こえる。地面の高さまで下がり、さらに下へ、ピラミッドの下の地下へ降《お》りていくようだった。

何分かのち、降下《こうか》が止まった。部屋の反対側に、別のトンネルの入り口が見えてきた。そこへ行くよりほかしようがない。あのシャフトを登るなんて、何百年かかるかわからない。不可能だ。機械が作動する音が、また聞こえる。石のエレベーターが再び上に上がろうとしていた。ぼくにできることは、前に進むことだけだった。

さっきのトンネルとちがい、立って歩くだけの高さがあった。五十メートルぐらい行くと、次の空間に出た。空気がちがうから、広い部屋だろう。

ぼくは、懐中電灯で周囲を照らした。そこは、縦横《たてよこ》三十メートルほどもある、とてつもなく大きな洞窟《どうくつ》だった。床から天井まである柱のような鍾乳石《しょうにゅうせき》と石筍《せきじゅん》から、水がしたたり落ちている。

ロルトゥン鍾乳洞《しょうにゅうどう》のようなところに入りこんだのだろう、と思った。ロルトゥン鍾乳洞は、自然にできた洞窟とトンネルが組み合わさった地下洞窟ネットワークで、ユカタン半島の謎《なぞ》のひとつだ。考古学者のなかには、洞窟《どうくつ》を専門に研究している人たちもいるが、うちの家族は、ジャングルの熱から逃《のが》れてときどきおとずれるのを楽しみにしていた。ただし、ガイドといっしょにだ！　ガイドなしで中に入ろうなどとは思わない。行方をくらまして姿《すがた》を消したいと思わないかぎり。

そのとき、鍾乳石《しょうにゅうせき》の柱のかげから一人の男があらわれた。ぼくは、懐中《かいちゅう》電灯を彼《かれ》にまっすぐ当てた。

二十メートルほど先からこちらを見ている背《せ》の高い男。体が凍《こお》りついた。その人が近づいてくるが、ぼくは、なす術《すべ》もなくその場に立ちつくした。走って逃《に》げることもできず、かくれる場所もない。

ひんやりと湿《しめ》った洞窟の中に、その男の声が反響《はんきょう》した。

「おはよう、ジョシュ・ガルシアだね。わたしはカルロス・モントヨ。そろそろ会えると思っていたよ。きみのお父さんとわたしには、やり残した仕事があるんだ」

20

彼《かれ》の言葉には重大な意味がかくされていたのだが、そのときには気がつかなかった。ぼくはあまりに疲《つか》れていたし、あまりにおどろいたので、さっきピラミッドの壁《かべ》に寄りかかったときに現実と架空《かくう》の世界の壁が溶《と》けたのかもしれない、と一瞬《いっしゅん》思った。どういうわけか別の世界に入りこんだんだろう、と。

カルロス・モントヨ？　その名前を聞いても、一秒か二秒の間まったくピンとこなかった。すみません――そう言おうとした。なんで、こんなところに人がいるんですか？

状況《じょうきょう》によってイメージは変わる。カルロス・モントヨという人物に対して、ぼくは、何となくこんなイメージを持っていた。好意的な学者タイプ。父さんの研究に関心のある、少し気むずかしげな大学教授。まさか、マヤのピラミッドの底にいる００７映画《えいが》（イギリス情報部の諜報員《ちょうほういん》ジェームズ・ボンドを主人公にしたスパイ映画シリーズ）の悪役タイプだとは思わなかった。

モントヨがぼくのほうに近づいてきた。がっしりした五十がらみの男で、ブラック・ジーンズに光沢《こうたく》のあるシャツと黒い革《かわ》のジャケット姿《すがた》。白髪《しらが》の少しまじった長髪《ちょうはつ》をまとめて後ろで結んでいる。こげ茶色の目は悲しげで、ひどく疲《つか》れているように見える。顔には深いしわがある。ぼくには、彼《かれ》がどっちの人物だか――人気のある大学教授なのか、または雇《やと》われた殺し屋なのか――わからなかった。それとも、どちらかに成りすましているのか？

二〜三メートルの距離《きょり》まで来て立ち止まると、モントヨは奇妙《きみょう》なほほえみを浮《う》かべてぼくを見た。そして片手《かたて》を差し出した。ぼくは、気の進まない握手《あくしゅ》を返した。

「混乱《こんらん》しているようだね」

彼は、流暢《りゅうちょう》な英語で話しかけてきた。かすかな訛《なま》りがある。だが、スペイン訛りともちがうようだ。

ぼくはうなずいた。「ええ」

こう言いたかった。あなたはだれ？　こんなところに？　どうして？　でも、理路整然と聞けそうにはない。

「まずは、きみにあやまらないといけないな」

「はあ」

何をあやまるんだろうか？　空き巣のこと？　役に立つ風変わりな女の子を使って、マヤのピラミッドの地底深くへ誘《さそ》いこんだこと？　それとも、父さんを殺したこと？

「なぜ、こんなところにいるんですか？」ぼくは聞いた。

「それは長い話だ」

「短く言うと？」

男は肩《かた》をすくめて答えた。「住んでいる。この近くに」

ぼくは、彼をじっくり見た。冗談《じょうだん》を言っているとは思えなかった。

「そうなんですか。洞窟《どうくつ》に？　それは……ええと……すてきですね」

彼は、ぼくの返事を無視《むし》して言った。「きみをだまして悪かった。というか、真実を知らせなかったことをあやまりたい」

ぼくにはさっぱりわからなかった。「その……それで？」

「数週間前、きみがお父さんの意思《いし》を引きついで、《イシュ・コデックス》の探求《たんきゅう》に乗り出したことを知った」

「どうやって？」

彼は、いらついたようすでぼくを見た。

「いいかい、もっと重要な問題が山ほどあるんだ。おまけに、時間がありあまってるわけじゃない。きみはすでに、行方不明者として報告されている。きみが姿《すがた》を消している間、ずっときみは捜索《そうさく》されることになる。だから、必要最低限の問題に的をしぼるぞ。いいね、ジョシュ？」

ぼくは急に寒気《さむけ》を感じ、少し震《ふる》えながらうなずいた。恐怖《きょうふ》だろうか。それとも興奮《こうふん》して身震《みぶる》いするのだろうか。体じゅうにアドレナリンが流れ、頭から爪先《つまさき》までがぞくぞくする。

モントヨは低く口笛を吹《ふ》いた。「おいおい、おびえているね。そうだろう？」

ぼくは、ぶるぶる震えながら首をふった。「いいえ」

「いや、そうだ」モントヨがゆっくりうなずいた。

その口調のどこかに、突然《とつぜん》、疑《うたが》いがわいた。ぼくは頑固《がんこ》に言い張った。

「いいえ、ちがいます」

「きみのお姉さんには」彼《かれ》が、やさしげに語り始めた。「言っておくが……お姉さんには、本当に気の毒なことをした」

そういうことか。ぼくは、彼に向かってわけのわからない言葉をわめきながら、喉元《のどもと》にカポエイラの蹴《け》りをお見舞《みま》いした。

彼は不意をつかれた。ひょいと身をかがめたが、ぼくの蹴りが顔のどこかに命中した。相手が体勢を立て直す前に、肋骨《ろっこつ》を目がけて次の蹴りを放った。ところがどういうわけか、敵はそれをよけて、くるりとぼくの後ろにまわった。動きが早すぎて、とらえられなかった。次の瞬間《しゅんかん》、ぼくは地面にねじふせられていた。体の上にモントヨがまたがり、ぼくの顔は、洞窟《どうくつ》の冷たい岩の床《ゆか》に押《お》しつけられていた。

「ブラボー、ジョシュ。なんてすごい《ケ・バルバロ》！　だが、まあ聞いてくれ。いいかい？」

ぼくはすばやくうなずいた。悔《くや》し涙《なみだ》があふれる。

「きみのお姉さんを殺したのは、わたしではない。わかったかい？　わたしは、きみたちを追跡《ついせき》した車にも乗っていなかった。いいね？　きみのお姉さんの身の上に起きたことについては気の毒だが、わたしに疾《やま》しいことは何もない。それは了解《りょうかい》してくれるね？」

ぼくはうなずき、目を閉《と》じた。もう完全に泣きだしていた。

「それから、知りたければ言っておくが、わたしは、きみのお父さんを殺してもいない。わかるかい？」

彼は、ようやく手を放して、ぼくの上から降《お》りた。ぼくは起き直ったものの、涙顔を見られたくなくて、ずっとうつむいていた。

「悲しみを恥《は》じることはないよ。お父さんのために、お姉さんのために泣いたっていいんだ。お姉さんの身に起きたこと——きみ自身も同じ運命になりかけたこと——そのことは、心から残念に思っている」

ぼくは、つっかえながら言った。「助けられなかった」

「無理だよ」モントヨがなだめるように言う。「あの状況《じょうきょう》では、一秒の余裕《よゆう》もなかった」

「助けようと思ったんです」ぼくは、まっすぐ相手の目を見て言った。「本当に助けようと」

彼《かれ》は、深いこげ茶色の目でぼくの目をのぞきこむ。「わかっている」

ぼくは大きく息をついて、泣きやもうとした。

モントヨが、ぼくを見つめながら言った。「何が起きたかはわかっている。きみたちを追っていたからね。道路じゃなく……」ちらりと上を見て続けた。「空から」

「えっ？」

モントヨはうなずいて言った。「そう。あとで見せるよ。それより、まず聞きたいのは、イシエルをどう思った？」

「プマスのTシャツの子？」

モントヨがにやりとした。笑うと、印象ががらりと変わった。

「そう。プマスのTシャツの子」

「なんだか、すごく機嫌《きげん》の悪い子でしたけど」

モントヨは笑って、「確かにね。気に入っただろうか？」

「どうして？」

「いや、どうかなと思って。うまくやっていけそうかなと」

「うまくやっていくとかいう状況《じょうきょう》じゃなかったから。あっちもそんな感じだったし」ぼくは首を横にふった。「教えてもらえますか？　いったい何がどうなっているのか？」

「ああ、そうだね。だが、まずは移動する必要がある。歩きながら話してもいいかい？」

ぼくらは立ち上がった。

「どこかへ行くんですか？」

「どこかへ行くって？　そう。冒険《ぼうけん》に出るようなものかな」

恐怖感《きょうふかん》はもうなかった。感じるべきなのかもしれないが……。

モントヨがぼくを殺そうとしている変質者だという考えは、すでに捨《す》てていた。殺そうと思えば機会はいくらでもあったからだ。ついさっきも、地面に頭をたたきつけて、ぼくの頭骸骨《ずがいこつ》をこなごなにすることもできた。どこで格闘技《かくとうぎ》を身につけたのかは知らないが、彼は強い。ぼくに勝ち目はないと思った。

それでも、まだ逃《に》げ道があるか、確かめずにいられなかった。

「断わったらどうなりますか？　もどれる？」

モントヨは面食らったようだった。

「もちろん。きみしだいだよ、ジョシュ。ここで起きたことをわすれ、頂上《ちょうじょう》から出て元の生活にもどることもできる。または、わたしといっしょに来て、一連の謎《なぞ》を明らかにするか……。ただひとつ、わかってもらいたい。わたしといっしょに来るなら、外の世界での経験をすべて置いてきてもらいたい」

思わず口ごもってしまった。「あ、あ、あの、母さんは……友達は?」

「もちろん、会うことはできるさ。だが正直に言うと、今までどおりではなくなる。すべてが今までとは変わる。いろいろな意味で、子ども時代が終わるようなものだ。だが、今日一日の体験のあとでは、もうそんな状況《じょうきょう》に近くなっているだろう?」

今日一日? 一日どころではない。この数週間のすべてがここにつながっていたという気がしてきた。それよりもっと前からだろうか。祖父から、父、息子《むすこ》へ――そして、どこへ向かって行くのだろうか?

止めようもない力が自分の中にあって、自分にそう告げているようだった。

「わかりました。いっしょに行きます」

ぼくは、モントヨのあとについて、高さ三メートル、幅《はば》二メートルほどのせまいトンネルに入った。天井《てんじょう》のレールから、スキー・リフトのような椅子《いす》がぶらさがっている。モントヨは、ぼくがきちんとすわるのを見とどけてから、二台目の椅子にすわった。そして、椅子についた金属製のガードを肩《かた》の上に引き下げた。それはクッションのついたベルトのようなもので、彼《かれ》はそれを胸《むね》で交差させ、椅子のわきの穴《あな》に差しこんだ。期待するようにぼくを見るので、ぼくも同じことをした。

ぼくが正しくベルトをつけたのを見とどけると、モントヨは、椅子のわきにある別のボタンを押《お》した。すると、二台の椅子の間のパネルから小さな操作盤《そうさばん》が出てきて、彼のひざの上におさまった。それから何秒かの間、モントヨは、操作盤にあらわれて光る小さな画面に向かって、何やら夢中になっていた。

ぼくは話しかけた。「あの、どこへ行くんですか？」

彼は、打ちこむボタンから顔を上げず、にやりとして答えた。

「エク・ナーブだよ。永遠の都市〝黒い水〟」

ぼくは、カラクムル書簡《しょかん》の文面を思い返した。「聖《せい》なるエク・ナーブの街で待つ」。

エク・ナーブ。それは、古代の碑文《ひぶん》に書かれただけの名前ではなかったのだ。現実に存在《そんざい》する場所。ベカンの地底深くにかくされた、秘密《ひみつ》の、失われた都市だった。

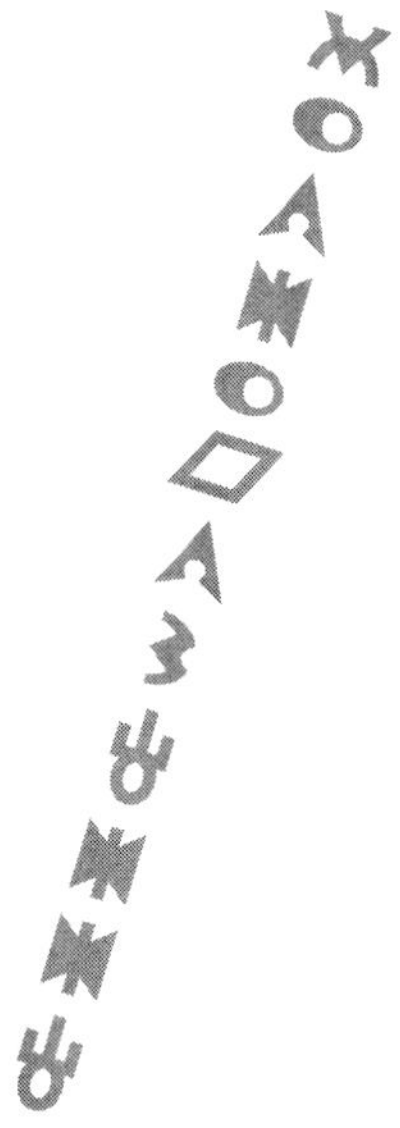

マリア・G・ハリス　Maria G. Harris
メキシコシティに生まれ、５歳のとき、母親の離婚を機に、ドイツのフランクフルト、続いてイギリスのマンチェスターに移り住む。オックスフォード大学で生化学を学び、卒業後は数年間、研究所に勤務した。10代のころ、故国メキシコのユカタン州やチアパス州のマヤ遺跡をたびたび訪れ、考古学的興味を抱いたことが、本書執筆の背景となっている。

石随じゅん（いしずい・じゅん）
1951年、横浜市生まれ。明治大学文学部卒業。公立図書館に勤務ののち、おもに児童文学の翻訳にたずさわる。訳書に、D・キング=スミス『ソフィーとカタツムリ』『ソフィーと黒ネコ』『ネコのアリストテレス』（以上、評論社）など。

ジョシュア・ファイル① 見えない都市（上）
2010年9月20日　初版発行

- ——著　者　マリア・G・ハリス
- ——訳　者　石随じゅん
- ——装　幀　水野哲也(Watermark)
- ——装　画　サイトウユウスケ
- ——写　真　Geostock/Getty Images
- ——発行者　竹下晴信
- ——発行所　株式会社評論社
〒162-0815 東京都新宿区筑土八幡町2-21
電話　営業 03-3260-9409／編集 03-3260-9403
URL　http://www.hyoronsha.co.jp
- ——印刷所　慶昌堂印刷株式会社
- ——製本所　慶昌堂印刷株式会社

ISBN978-4-566-01440-4　NDC933　224p.　188㎜×128㎜

海外ミステリーBOX

すぐれたミステリー作品に贈られるエドガー・アラン・ポー賞。
その受賞作・候補作を集めた傑作ミステリー・シリーズ

ウルフ谷の兄弟

デーナ・ブルッキンズ 作
宮下嶺夫 訳

母親を亡くし、谷間の伯父さんの家に預けられることになったバートとアーニーの兄弟。しかし、そこで殺人事件が起こり……。二人の健気さが胸を打つ秀作。

256ページ

とざされた時間のかなた

ロイス・ダンカン 作
佐藤見果夢 訳

十七歳の少女ノアは、父の再婚相手の家族に会うため初めて南部にやってきた。しかし、美しい義母と義理のきょうだいたちには、想像を絶する秘密があった！

304ページ

死の影の谷間

R・C・オブライエン 作
越智道雄 訳

放射能汚染をまぬかれた谷間に、ただ一人生き残った少女アン。ある日、防護服に身を包んだ見知らぬ男がやってきて……。核戦争後の世界の恐怖を描く傑作。

328ページ

マデックの罠

ロブ・ホワイト 作
宮下嶺夫 訳

狩猟で砂漠にやってきたマデックと、ガイドの大学生ベン。ところが、マデックが誤って老人を撃ち殺したことから、ベンの身に悪夢のような出来事が起こる。

280ページ